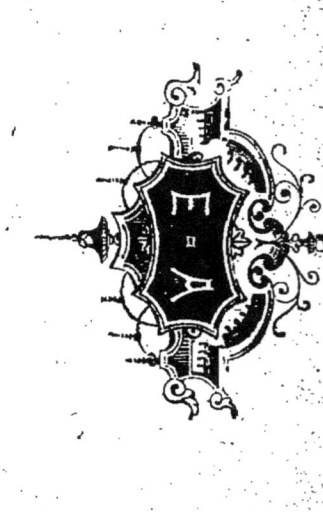

LIMOGES

EUGÈNE ARDANT ET Cⁱᵉ,

ÉDITEURS.

BENJAMIN FRANKLIN

1re SÉRIE IN-12.

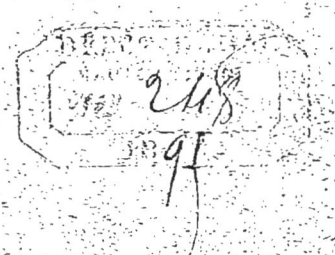

Benjamin Franklin

BENJAMIN
FRANKLIN

SA VIE, SES SUCCÈS

Dans l'art de faire le bien

PAR E. DU CHATENET.

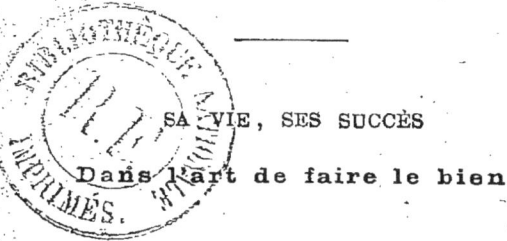

LIMOGES
EUGÈNE ARDANT ET Cie, ÉDITEURS.

BENJAMIN

FRANKLIN

Lorsque fut décidément rompu le lien qui,
depuis l'origine, unisssait tant bien que mal à
l'Angleterre ses colonies de l'Amérique du Nord,
le premier mouvement de la République nais-
sante fut de se tourner vers la France.

Que les ennemis de l'Angleterre s'adressassent
tout d'abord à la France, c'était alors une chose
toute simple ; tout ennemi de l'Angleterre était
notre allié naturel : ainsi l'Autriche et l'Espagne
dans les dernières guerres (1). — Mais le gouvernement qui, cette fois, en appelait aux ran-
cunes de la France contre sa voisine, n'était pas,
comme l'Espagne et l'Autriche, un gouvernement cousin du nôtre, une monarchie de la

(1) Notamment dans la guerre *de sept ans*.

même souche, une vieille connaissance aux
allures éprouvées et prévues ; c'était un gouvernement né de la veille, et comme il n'est pas
permis de naître : un gouvernement sans nom,
sans famille, sans parenté, qui ne pouvait se
réclamer d'aucun autre, encore moins se retran-
cher derrière le passé, nouveau-venu qu'il était,
et placé dès le premier jour, en dehors de toutes
les habitudes gouvernementales, en dehors de
tous les usages reçus ou, si vous voulez, de tous
les principes et de toutes les règles. Les colonies
insurgées, en rompant avec la mère-patrie,
avaient rompu du même coup avec la plupart
des formes européennes.

Et pourtant il était de première nécessité que
l'occasion offerte à la France de se relever et de
s'enrichir, par l'abaissement, par l'appauvrisse-
ment de l'Angleterre, fît oublier de quelle part
elle venait ; il était de première nécessité que ce
leurre attrayant d'honneur et de richesse, laissât
le moins possible apercevoir qu'il s'agissait de
mettre un roi dans le parti d'un peuple révolté
contre son roi, et d'emprunter à une royauté de
l'argent, des armes, des vaisseaux, des hommes
contre une autre royauté.

Pour cette mission délicate, il fallait un homme
qui suppléât par son illustration personnelle à
l'absence des cordons et des broderies ; un
homme qui, par son inaltérable justesse d'esprit

et de conduite, fût, à lui seul, pour une nation suspectée, une recommandation suffisante. En d'autres mots, il fallait à l'Amérique un Américain dont le nom fît autorité en Europe, un Américain qui pût, sans fatuité, mettre sa patrie à couvert, à l'abri de son nom.

Un homme (un seul homme, dans les *Treize États*) semblait préparé tout exprès pour ce rôle. Tous les yeux se tournèrent aussitôt vers lui, toutes les voix le désignèrent, oubliant son grand âge. Du reste, en pareille circonstance, son âge ne lui paraissait pas à lui-même une excuse recevable. De son propre aveu, ses soixante-et-dix ans ne le dispensaient pas de quitter sa maison et de courir en mer à quinze ou dix-huit cents lieues de chez lui, pour le service de ses compatriotes, disons mieux, pour le service de notre France elle-même, pour le service du genre humain.

En décembre 1776, la brillante cour de Versailles vit arriver, avec deux autres envoyés, un ambassadeur d'une espèce toute nouvelle ; un ambassadeur, dont l'habit de drap brun, le chapeau rond, les cheveux pendants (de vrais cheveux bouclés sans frisure, et blanchis sans poudre) semblaient venus là d'un autre siècle. — Maint courtisan, sans doute, est tenté de le prendre pour un campagnard fourvoyé. Mais

un nom dès longtemps francisé (1) se fait entendre : un nom que Paris, Berlin, Pétersbourg et
Londres même, prononcent avec le même respect,
et, pour la première fois, les battants dorés
s'écartent d'eux-mêmes devant un costume
rustique. La couronne de bonté et de bon sens,
de science et de bienfaisance, de désintéresse-
ment et de gloire qui pare le front chauve et
lisse du vieillard, a forcé de prime abord toutes
les consignes de l'étiquette.

Ainsi, dès le premier pas, le choix des insur-
gents était justifié. —Je n'ai point à vous raconter ici comment le représentant de la révolution
américaine poursuivit sa tâche ; avec quel
bonheur, chargé d'associer l'opinion publique
de l'Europe à l'œuvre laborieuse des fondateurs
et des défenseurs de l'indépendance, il s'acquitta
de sa commission : acceptant de bonne grâce les
hommages rendus de toutes parts à sa personne,
pourvu que le profit en revînt à ses clients ;
ménageant avec art l'enthousiasme des classes
lettrées et de leurs éloquents interprètes ; diri-
geant les généreux efforts de la jeune noblesse,
le dévoûment contagieux des *Lafayette* et des
Kosciuszko ; puis, décidant enfin, après quatorze
mois d'hésitation, notre vieille monarchie elle-

(1) Le nom de FRANKLIN s'écrit ici comme aux Etats-
Unis, mais se prononce là-bas *Frènne-Klienne*.

même à fraterniser avec les républicains d'outre-
mer ; à combattre, à vaincre pour eux.

Si l'habileté des négociations s'estime par le
succès, l'envoyé des Américains n'a qu'à montrer son traité d'alliance offensive et défensive
avec la France (du 6 février 1778) ; ses traités
d'amitié et de commerce avec la Suède et la
Prusse ; puis son traité de paix avec l'Angleterre (du 3 septembre 1783) : sur de telles
preuves, personne assurément ne lui refusera le
brevet de diplomate. Il est à noter que chez ce
diplomate, l'adresse ne marche pas sans l'hon-
nêteté, et n'en va que mieux à ses fins ; c'est une
remarque sur laquelle nous aurons à revenir.

Vous pensez bien que ce diplomate n'en est
pas à son coup d'essai ; sans doute il n'a pas
tout à fait débuté dans la carrière diplomatique
par le rôle de « ministre plénipotentiaire de la
République des Etats-Unis près la Cour de
France » ; — mais croyez-vous pour cela qu'il
ait été préparé, spécialement et de jeunesse, à
ce rôle ? qu'il ait subi les épreuves habituelles
dans un bureau des affaires étrangères, ou
dans un secrétariat d'ambassade ? Croyez-vous
que le métier d'ambassadeur soit celui que ses
père et mère lui ont fait apprendre ?

Cet ambassadeur est-il même un diplomate de
profession ? est-il exclusivement diplomate ?
n'est-il rien tant que diplomate ? — Demandez

d'où viennent les lettres, les visites, les félici-
tations, les consultations, etc., qui affluent jour-
nellement à la très-humble ambassade américaine. Tout cela vient-il du Corps-Diplomatique?
Tout cela s'adresse-t-il au ministre plénipotentiaire? Cette foule si variée, disons mieux, cette
cour, que le vieillard américain attire à son
village de *Passy ;* cette foule dans laquelle vous
distinguez tour à tour des magistrats, des
hommes de lettres, des hommes de loi, des méde-
cins, des chimistes, des physiciens, des méca-
niciens, les hommes les plus célèbres du temps,
à côté des plus obscurs, nous atteste assez
qu'avant de s'illustrer par des négociations et
des traités, notre diplomate s'était illustré de
quelque autre manière.

Et d'abord d'où vient qu'il est traité de docteur. « *Le docteur Franklin,* » dit-on partout.
Docteur en théologie? en médecine? non, mais
docteur *ès-lois*. L'Amérique du Nord aurait-elle
dès ce temps-là des universités? ou bien d'Américain serait-il venu prendre ses degrés en
Europe? — Le fait est que le docteur Franklin
est un homme éminemment versé dans la connaissance des lois anglaises et américaines.
Autant que personne, il est en état de les inter-
préter et de les appliquer, comme juré, avocat,
juge ou administrateur, ou bien encore de les
corriger et de les refaire comme législateur. —

Il est *docteur* par la courtoisie de l'Université de *Saint-André*, en Écosse (1), sans s'être jamais assis sur les bancs, sans avoir jamais endossé de robe noire ni coiffé de bonnet carré.

Ce docteur ès-lois, notre Académie des sciences le réclame. Depuis 1772, elle le cite entre ses plus illustres associés étrangers. La Société royale (Académie des sciences de Londres) le compte toujours au nombre de ses membres. Malgré les discordes politiques, elle ne lui a pas ôté son fauteuil, comme le gouvernement anglais lui a ôté (2) sa place de directeur-général des postes ; car, soit dit en passant, notre académicien, notre docteur, notre diplomate a été directeur des postes. — Bien d'autres académies, celles de Hollande entre autres, se sont fait un devoir de suivre à son égard l'exemple des Académies française et anglaise.

Tous les hommes qui s'intéressent au progrès des connaissances physiques se pressent autour du philosophe de Philadelphie. Les maîtres de la science le consultent comme leur maître. Les novateurs en appellent à lui des préventions de la routine comme à leur juge suprême. Les gens du monde, apprivoisés pour la première fois

(1) Imitée, en cela, par l'Université d'*Oxford* et par l'Université d'*Edimbourg*.

(2) Dès 1774.

avec les théories les plus sérieuses, sont tout
disposés à les entendre, pourvu qu'elles veuillent
bien parler par la bouche de l'aimable et vénérable docteur. Il ne se tient pas une délibération
importante sur les matières scientifiques sans
que l'illustre Américain y soit appelé (1) et que
son avis soit religieusement recueilli. — S'en-
suit-il que ce soit un savant de profession,
enfermé de tout temps dans un cercle spécial de
connaissances, appliqué toute la vie à l'étude
exclusive d'un seul ordre de questions? — Nul-
lement : si des découvertes physiques de
Franklin et des titres académiques qu'elles lui
ont valu, vous alliez conclure, non pas même
que ce soit un savant de profession, mais seulement qu'il s'est trouvé dès l'enfance entouré de
leçons scientifiques, qu'il a suivi des cours, qu'il
a fait, comme on le disait en ce temps-là, ses
deux ou ses quatre années de *philosophie*, —
vous risqueriez autant de vous tromper que si,
de ses connaissances législatives et de son titre
de docteur, vous alliez conclure qu'il a fait son
droit, subi des examens, soutenu des thèses ; ou
bien, de son titre de ministre plénipotentiaire et
de son habileté diplomatique, qu'il a passé par
les secrétaireries.

(1) Quelquefois même sur la demande expresse du
roi Louis XVI.

· Vous ne vous étonnerez pas, après cela (1), que notre Américain ait appris le latin, l'italien, l'espagnol, le français, et aussi l'anglais, sa langue maternelle, sans avoir jamais mis le pied dans un collége. Vous ne vous étonnerez pas davantage que, sans avoir mis le pied dans un collége non plus, il ait cependant reçu de plusieurs colléges (2) le grade de *maître ès-arts.* J'oubliais de vous dire que le diplomate, le docteur, l'académicien, le maître ès-arts est aussi journaliste et pamphlétaire (3), ce dont ses compatriotes se trouvent fort bien en mainte occasion. Il est en outre facteur d'instruments de musique (l'*harmonica* lui doit son nom et sa vogue) ; il est encore constructeur de cheminées (vous connaissez les cheminées *à la Franklin*) ;

(1) Il va sans dire que tout cela n'est étonnant que pour les personnes à qui instituteurs ou parents ont tout enseigné, tout appris, hors une seule chose : à *se passer de maître* — c'est-à-dire hors la seule chose qui pût, le temps et l'occasion aidant, suppléer à toutes les autres.

(2) Notamment du collége d'*Yale* dans le Connecticut, et du collége de *Cambridge* dans la Nouvelle-Angleterre.

(3) En anglais *pamphleteer*. Le mot *pamphlet* ne désigne pas en anglais un libelle diffamatoire, mais une brochure courte et piquante sur les événements du jour.

que n'est-il pas ? que n'a-t-il pas été ? ou plutôt
qu'était-il donc avant que de devenir sans
apprentissage, ou du moins sans l'apprentissage
obligé, ministre plénipotentiaire, docteur, académicien, journaliste, directeur des postes, etc. ?
— Celui qui n'a pas même eu de maître de
langue, n'était sans doute pas sans profession :
comment donc a-t-il pu, en dehors de sa profession *et sans y faire tort*, trouver place à tant
d'acquisitions théoriques ou pratiques si diverses ?

—

Si nous étions en 1785, je vous proposerais de
faire comme tout le monde, et d'aller, à notre
tour, à Passy, rendre visite à l'illustre docteur.
Malgré tous ses titres, scientifiques et autres,
c'est un homme abordable, aussi simple en son
intérieur que sur son habit. Tout « parvenu »
qu'il est, il ne se refusera pas (sachant surtout
quelle sérieuse curiosité nous amène) à nous
apprendre de quel point de départ il est parti, et
comment il a fait sa route. Du reste c'est pour
lui la chose du monde la plus familière que de
revenir sur le passé, habitué qu'il est à vivre
sous l'œil de sa conscience et à compter sans
cesse avec lui-même. Grâce au bon ordre que
cette inappréciable habitude lui a permis de
mettre dans ses impressions et ses détermina-

tions, il n'a plus que du plaisir à regarder en
arrière.

Par malheur nous arrivons trop tard ; il y a
près d'un siècle que le docteur Franklin a quitté
la France pour l'Amérique. Il y a quatre-vingt-
dix ans qu'il a quitté l'Amérique elle-même. —
Toutefois, avant de partir, prévoyant la question
que nous serions tentés de lui faire, nous et
bien d'autres, il nous a laissé par écrit la
réponse (1).

Mes amis, nous pourrons voir par le testament
et par les états de service de Franklin ce qu'il
lègue à sa famille, à ses compagnons et collè-
gues, à la ville de Boston, sa ville natale ; à la
ville de Philadelphie (sa ville adoptive), à l'état
de Pensylvanie, à toute la Confédération américaine, à la France, à l'Europe, au genre humain.
Quant à nous, ce qu'il nous lègue surtout, c'est
la réponse à la question que nous eussions été
tentés de lui faire ; c'est un récit sincère de sa
vie. — Ce legs, recueillons-le pieusement ; sans
tenir beaucoup de place en notre bibliothèque, il
en peut tenir beaucoup dans notre destinée, si,
comme je l'espère, il nous inculque à tous une
habitude d'où tout le reste dépend, l'habitude
du *retour sur nous-mêmes.*

(1) Cette réponse rédigée en anglais, sous forme de
lettre, a été publiée en français sous le nom de
Mémoires sur la vie de Franklin, écrits par lui-même.

La meilleure lecture de morale que nous puissions faire, rentrant en nous-mêmes, c'est de lire dans les souvenirs anciens ou récents que la vie, cette suite d'*expériences morales* plus ou moins prévues, mais toujours instructives, nous laisse sur nos aperceptions, sur nos impressions, nos tendances, nos déterminations, nos actions : lecture d'autant plus précieuse que ces souvenirs-là seront plus rapprochés les uns des autres, qu'il y aura entre eux moins d'intermédiaires à sousentendre et que, dès-lors, il sera plus facile pour chacun des faits qu'ils concernent, de remonter aux faits qui l'ont précédé et auxquels il se rattache.

Après le livre que chacun de nous porte en lui-même, les livres les plus précieux pour nous, ce sont ceux qui, relatant aussi des faits humains, sinon dans la série complète de leur enchaînement, du moins avec le moins de lacunes possible, nous font part des souvenirs que d'autres hommes ont aussi recueillis de leur mieux sur leurs actions, leurs déterminations, leurs impressions, etc.

Ces confidences intimes, directes et sincères, de quelque part qu'elles viennent, ont trop de prix pour que nous en rejetions aucune. Toutefois, si le choix nous était laissé, ne nous porterions-nous pas de préférence vers celles qui rappellent les expériences morales les plus

heureuses, les plus consolantes, les plus encou-
rageantes? vers celles surtout qui, laissant le
mieux apercevoir le rôle de l'observateur et de
l'expérimentateur, sont, dès-lors, les plus propres à nous familiariser avec ce double rôle. —
A ce titre, les confidences de Franklin nous atti-
reraient tout d'abord.

En appelant aujourd'hui votre attention sur
la vie de cet homme célèbre, je ne puis mieux
faire que de lui emprunter à lui-même quelques-
uns des détails qu'il nous a légués. Je souhaite
bien vivement que ce premier aperçu vous
décide à puiser par vous-mêmes à la source.

ENFANCE ET JEUNESSE DE FRANKLIN.

Vous venez de voir en 1776, Franklin à la
cour du roi de France, courtisé de tous et du
roi lui-même. Si vous aimez les contrastes
violents, les brusques changements de scène,
vous avez ici la plus belle occasion de vous
satisfaire. Appelez quelque fée à votre secours et
demandez à voir le Patriarche de Passy, de

soixante ans plus jeune, en 1716, par conséquent. La fée vous transportera de l'autre côté
de l'Océan, dans une petite ville maritime (1);
puis, vous conduisant à l'une des plus modestes
chandelleries de l'endroit : « C'est ici, vous dira-
t-elle : cet enfant de dix ans que vous voyez au
fond de ce magasin, un tablier graisseux devant
lui, occupé à verser le suif dans les moules ou
bien à couper les mèches, à servir les acheteurs,
— c'est celui que vous cherchez. »

Ce petit ouvrier auquel les acheteurs ne
prennent pas garde, vous, mes amis, qui savez
l'avenir, vous ne pouvez suivre sans émotion ses
plus simples mouvements. Contemplez-le à votre
aise, et puissent les autres enfants de son âge se
ressentir de la respectueuse sollicitude que
celui-ci vous inspire! — Vous cherchez avec
anxiété par quelle porte il passera de cette
humble boutique sur le vaste théâtre où votre
impatience l'appelle. Les obstacles qui lui
barrent la route vous effraient; vous voudriez
lui aplanir le chemin, lui épargner les mauvais
pas et les chutes, et, comme les fils des heureux
du monde, le porter de prime abord en plaine,
sur la route, vis-à-vis du but.

Aucun de vos bons sentiments n'est de trop;
cet enfant, si la liberté et la science ne vous

(1) Singulièrement agrandie depuis ce temps-là.

sont pas indifférentes, cet enfant ne peut vous
être trop cher. Mais prenez garde qu'en lui prêtant vos yeux, vous lui rendriez les siens inu-
tiles; qu'en mettant vos souvenirs à son service,
vous le dispenseriez de mettre les siens en œuvre; et que, souffrant et prévoyant pour lui,
vous le laisseriez, en définitive, incapable de
jamais servir la science et la liberté. — Vous le
dirai-je? mes amis, ayez meilleure idée de l'enfance; ou si vous persistez à vous défier de ses
ressources et ne pouvez consentir à la voir se
tirer d'affaire toute seule, que du moins votre
obligeante intervention ne la condamne pas à
vivre d'emprunt; que sous votre direction pro-
videntielle, sous vos yeux même et sous votre
main, le sentiment joyeux et vivifiant de son
active mais périlleuse spontanéité, lui reste.

Mais revenons à notre petit ouvrier. Il est là,
pensez-vous, de bien bonne heure à l'ouvrage?
C'est, il est vrai, le plus jeune garçon de la
famille, mais la famille est nombreuse; et de
quelque part qu'il vienne, un peu d'aide y fait
grand bien. Songez que cet enfant est le quin-
zième du côté paternel sur dix-sept; du côté
maternel, le huitième sur dix. Tous ses frères
aînés ont été mis, à leur tour, en apprentissage.
Quant à lui, il paraît tout simplement destiné à
succéder à son père dans la fabrication et la
vente du savon et de la chandelle.

Ce n'est pas que les mèches à couper, les
moules à remplir, l'odeur de la fonderie, les
ustensiles gras et noirs, soient tout-à-fait de son
goût : les choses qui se voient du port, lui
plaisent bien mieux. Il ne part pas un vaisseau
que son imagination ne se mette du voyage ;
à l'instant même où vous le regardez, son esprit
est ailleurs, bien loin du comptoir paternel, en
mer, sous le ciel, qui sait ? peut-être en quelque
ville de l'Ancien-Monde, ou bien plutôt, après
mainte aventure, sur la rive de quelque île
déserte, où le champ soit libre à son habileté et
à son courage. Ce petit ouvrier, la marine est sa
passion, sa passion d'enfance.

Le père, qui, par parenthèse, a passé la
soixantaine (1), n'est pas non plus bien vivement prévenu en faveur de son état. Mais il est
irrévocablement ennemi de la marine. Si du
reste il s'est résigné à transmettre à son dernier
fils une profession de laquelle, après tout, il n'a
pas lui-même fort à se louer, c'est qu'il n'a pu
faire davantage. Il s'était promis d'abord de con-

(1) Lors de la naissance de Franklin (6 janvier 1706)
sa mère avait déjà trente-neuf ans et son pere cin-
quante-un. Toutefois ils vécurent assez pour voir
la généreuse ambition de leur plus jeune fils tout à fait
hors de cause. Franklin n'avait pas moins de trente-
huit ans lorsqu'il perdit son père (en 1744), et pas moins
de quarante-six ans lorsqu'il perdit sa mère (en 1752).

sacrer son *Benjamin* à l'église *presbytérienne*
pour l'amour de laquelle il a quitté l'Angleterre :
mais au bout de quelques mois (1) il avait déses-
péré de pouvoir continuer les dépenses longtemps improductives, que la carrière ecclésiasti-
que exige : pensant aussi que le fruit si tardif
de tant d'avances, ne serait jamais bien brillant
en Amérique. Là-dessus, l'enfant était passé de
l'école de grammaire à une *école*, plus directement profitable, d'*arithmétique* et d'*écriture*. —
A dix ans son père l'avait repris et l'occupait
comme vous avez vu.

Cette occupation ne l'empêchait pas d'être
sans cesse à l'eau « dedans et dessus » comme
il dit. Il avait appris à nager, savait conduire
une barque, et, dans ses escapades maritimes
avec ses compagnons d'âge, il était le pilote de
la bande, le « Saint-Nicolas » en cas de danger.
« En général, nous dit-il, j'étais le *meneur* de
mes camarades et parfois il m'arrivait de les
mener dans l'embarres. » Entre les utiles entreprises auxquelles il réussit à décider sa petite
troupe, il cite un *quai* de pierre subitement
élevé, par ses amis, au clair de lune, dans un
bourbier du rivage pour la commodité de leur

(1) Mis à huit ans à une *école de grammaire*, le petit
Benjamin répondait déjà fort bien aux espérances de
son père.

(*Ecole de latin*, à ce qu'il paraît.)

pêche commune. Par malheur les matériaux,
empruntés à une bâtisse en construction du voisinage, n'avaient pas été apportés là pour le
plaisir des petits architectes; et leurs pères en les
tançant, leur firent sentir ce qu'ils devaient aux
entreprises d'autrui.

Après deux ans d'apprentissage, l'enfant
n'avait pas plus de goût pour son état, ni moins
de ferveur pour sa chère marine. Le père, sans
contrecarrer de front ses ambitieux projets, et
désireux pourtant de l'attacher à la terre-ferme,
voulut voir si d'autres métiers ne seraient pas
plus heureux que le sien ; le jeune Franklin fit
successivement connaissance avec les travaux
du menuisier, du maçon, du tourneur, du
vitrier, du charron, etc. « Depuis ce temps,
écrivait Franklin cinquante-quatre ans après,
j'ai toujours eu du plaisir à voir de bons
ouvriers se servir de leurs outils ; plus d'une
fois je me suis bien trouvé de l'attention que je
leur donnais : mis à même par là, de faire chez
moi divers menus ouvrages quand je n'avais pas
d'ouvrier sous la main, et de construire de
petits appareils pour mes expériences, alors que
l'idée en était encore fraîche. » Il ne nous dit
pas quel métier eut pour lui le plus d'attrait.
Son père le mit chez un coutelier de ses parents;
puis, ne s'accordant pas avec le maître sur le
prix de l'apprentissage, reprit l'enfant chez lui.

Cet enfant de douze ans faisait venir à lui le monde par les livres, et l'observait de son mieux par les yeux des autres, en attendant qu'il pût aller le trouver à son tour et le visiter en personne. Nageur et conducteur de barque, pêcheur, architecte, ingénieur, inventeur en tout genre, le petit apprenti chandelier, était de plus un lecteur intrépide. Il ne se souvenait pas d'avoir commencé à lire et n'avait pas cessé de lire depuis qu'il avait commencé.

On est curieux de savoir quels livres lui tombèrent sous la main, et de chercher en ces livres le germe qui fructifia plus tard. Et de fait, qui oserait nier l'action des premières lectures, l'influence des premiers aliments de l'imagination et du cœur ! Mais on sait aussi que chacun de nous (enfant ou homme) a ses attractions et ses répulsions qui le gouvernent en ses lectures comme ailleurs. De la bibliothèque paternelle qu'il dévora tout entière, Franklin cite à peine deux ou trois ouvrages qui l'aient fortement impressionné, et ces ouvrages sont justement de ceux que nous appellerions volontiers *Frankliniens*. Il rappelle surtout un petit volume de l'auteur de Robinson, intitulé l'*Essai sur les projets*, et un autre du docteur Mather, *Tentatives pour faire le bien*. « Ils contribuèrent peut-être, dit-il, à me donner une tournure d'esprit qui a fortement influé sur les principaux événe-

2

ments de ma vie. » Il lut aussi en entier les *Vies des Hommes illustres*, de Plutarque ; « je crois encore, ajoute-t-il, que le temps que j'y passai, ne fut pas mal employé. »

La bibliothèque de son père consistait principalement en discussions théologiques, qui éveillèrent dans l'esprit de l'enfant les défiances mêmes qu'elles étaient chargées de dissiper chez les hommes faits.

Tout l'argent du petit Franklin s'en allait en achats de livres, — de livres de voyages, d'abord : échangés ensuite, peu à peu, contre des livres d'histoire. Voyant cela, le père ne trouva rien de mieux à faire que de le placer chez un *imprimeur*. Pour amarrer au plus vite, et pour jamais au rivage, le petit marin de *douze ans*, il lui fit signer pour neuf ans un *contrat* d'apprentissage, d'après lequel il devrait à son maître huit grandes années de service gratuit ; la dernière année seule devait être salariée.

Le maître était l'un des frères aînés de l'apprenti, revenu l'année précédente d'Angleterre avec une presse et des caractères.

« En peu de temps, dit Franklin, je fis de grands progrès et me rendis fort utile à mon frère ; » sa passion pour la lecture avait du reste plus beau jeu là que jamais.

Avant de quitter avec Franklin la maison paternelle, il nous faut, si nous voulons savoir ce qu'il en emporte, faire connaissance avec les choses qui s'y voient et s'y entendent.

« Je suppose, nous dit-il, que vous serez bien aises de savoir quelle espèce d'homme était mon père. Il avait une excellente const.tution, était de moyenne taille, bien fait et vigoureux. Il dessinait agréablement et n'était pas sans talent pour la musique. Sa voix était pleine et harmonieuse, et quand il chantait en s'accompagnant sur le violon, ce qu'il faisait volontiers après avoir fini ses travaux du jour, on l'écoutait avec grand plaisir. Il avait quelques connaissances en mécanique, et savait, dans l'occasion, se servir fort adroitement des outils de métiers autres que le sien. Mais sa qualité par excellence était sa justesse d'esprit et sa solidité de jugement dans toutes les affaires qui exigeaient de la prudence (affaires privées ou publiques). Il est vrai qu'il n'eut jamais part à ces dernières ; la nombreuse famille qu'il avait à élever et son peu de fortune, le forçaient à se renfermer dans son commerce. Mais je me souviens fort bien qu'il recevait souvent la visite d'hommes influents qui le consultaient sur les affaires publiques et sur celles de l'église à laquelle il appartenait, montrant une grande déférence pour ses avis. Les particuliers aussi le consultaient beaucoup sur leurs affaires, et, si quelque difficulté s'élevait, le choisissaient fréquemment pour arbitre. Il aimait à avoir à sa table, autant que possible, quelque ami ou voisin pour causer, et toujours il avait le soin de faire tomber la conversation sur un sujet utile ou ingénieux qui pût former l'esprit de ses enfants. Par ce moyen, il dirigeait notre attention vers les choses de justice, d'utilité et de prudence. On ne prenait pas garde aux mets servis sur la table, on ne discutait pas s'ils étaient bien ou mal apprêtés, si c'était leur saison ou non, s'ils étaient de bon ou de mauvais goût, préférables ou inférieurs à tels autres de même espèce : aussi m'habituai-je à la plus parfaite indifférence à cet égard, et je m'en suis fort applaudi dans mes voyages. »

De sa mère, Franklin nous dit un seul mot, mais ce mot suffit : « qu'elle avait nourri tous ses dix enfants. »

Ainsi donc les premières images de l'enfance et de la jeunesse (ces images auxquelles les années ajoutent tant de charmes), ce sont ici des images de vie frugale et simple, des EXEMPLES d'activité dans le travail, de circonspection dans les conseils, d'autorité, pourrai-je dire, dans une fortune médiocre. Ces images ne seront pas perdues pour notre jeune apprenti ; ne craignez pas que les velléités de son ambition tendent jamais à faire meilleur lit ou meilleure table.

Plus il ira, mieux il sentira le prix de cette confiance, de cette déférence, de cette gratitude, de
cette amitié, de ce respect, en un mot de tout ce
cortége d'honneurs domestiques, peu bruyants,
mais sincères et sentis, dont il vit entourer jadis
la prudence, l'activité, l'intégrité, la franchise,
la bienveillance de son père. S'il arrive que
d'autres plaisirs plus vulgairement recherchés,
l'étourdissent un instant et l'entraînent, il lui
suffira d'un moment de calme et de tête-à-tête
avec lui-même, pour congédier les tentations
décevantes qui chercheraient à supplanter ses
vieux souvenirs, ses goûts héréditaires.

Une autre chose encore est héréditaire dans
cette famille : c'est le besoin de liberté en matière de croyance. Il est telle anecdote qui,
transmise là, de père en fils, perpétue l'impression des aïeux. Ainsi le petit Franklin savait
dès l'enfance, que ses ancêtres, protestants
indomptés sous le règne sanglant de la catho-
lique Marie, avaient été réduits à marcher sur
la sainte Bible pour échapper aux soupçons d'un
gouvernement qui, sous peine de mort, en
défendait la lecture.

« Ils avaient une Bible en anglais (nous dit
Franklin), et *pour la cacher et la mettre en sûreté,*
on l'attachait tout ouverte et retenue avec des
rubans sous un tabouret. Quand mon grand-
père en voulait faire lecture à sa famille, il ren-

versait le tabouret sur ses genoux et tournait
les pages du livre sous les rubans. Un des
enfants se tenait en sentinelle à la porte ; en
cas d'alarmes, on replaçait le tabouret sous ses
pieds. »

Cette anecdote et autres semblables, confir-
mées du reste par l'arrivée continuelle de nouveaux colons qui venaient, comme avait fait le
père de Franklin, demander à l'Amérique le
libre exercice de leurs croyances, étaient un
commentaire assez expressif pour les études
historiques du jeune lecteur. Pendant que les
exemples de la maison paternelle infiltraient
peu à peu dans son âme le goût des choses
simples et des choses utiles, — l'histoire de son
père (éloigné du lieu de sa naissance et séparé
du reste de sa famille), l'histoire de sa famille,
lui transmettait le sentiment d'un joug qui ne
pesait pas sur lui et le prédisposait à repousser,
à éluder l'oppression. — Une fois hors de la
maison paternelle, l'occasion ne lui manquera
pas. Pour faire à l'apprenti un ennemi de son
maître (au frère cadet un ennemi de son frère
aîné), il suffira de la passion que vous lui savez
déjà pour les livres : passion qui dans son nouvel
état trouve mieux à se satisfaire.

Ses relations avec des commis de librairie lui
permettaient d'emprunter de temps à autre un
petit volume « qu'il avait grand soin, nous dit-il,

de rendre promptement et en bon état. — Souvent, ajoute-t-il, je lisais dans ma chambre, la plus grande partie de la nuit, lorsque le livre que j'avais emprunté le soir devait être rendu le lendemain matin, de peur qu'on ne s'aperçût qu'il manquait. » Au bout de quelque temps un négociant de la ville, « homme d'esprit et censé » remarqua le jeune apprenti et lui offrit fort obligeamment de lui prêter des livres. — Les moindres incidents sont à noter ici.

Franklin ajoute : « Je pris alors beaucoup de goût pour la poésie et j'écrivis quelques petites pièces de vers. » Son frère, pensant y trouver son compte, lui fit composer deux ballades de circonstance, l'une sur *Un naufrage*, l'autre sur la *Prise d'un corsaire* : « toutes deux de misérable étoffe, en vrai style de chansons d'aveugle. » Ces ballades faites et imprimées par l'auteur, le frère l'envoya les vendre par la ville. La première eut un débit prodigieux; mais le père, s'interposant à propos entre le froid calcul du frère aîné et la vanité du frère cadet, fit voir à celui-ci les taches nombreuses de son chef-d'œuvre. Une raison décisive tarit au reste tout à coup la verve du jeune versificateur : il lui fut dit que les faiseurs de vers mouraient ordinairement de faim.

La prose eut alors son tour. « *Comme la prose*, dit Franklin, *m'a rendu de grands services*

pendant tout le cours de ma vie, je rapporterai
par quels moyens, dans la position où j'étais,
je vins à bout de la manier avec assez de
succès. »

Il y avait à Boston un autre amateur de
livres, *John Collins*, grand ami de l'apprenti
imprimeur. Comme chacun de nous, avant
d'avoir vu, par le monde, les faits sur lesquels
portaient leurs lectures, les deux jeunes lecteurs
discutaient à qui mieux mieux. Certain jour,
entre autres, la discussion portait sur les différences intellectuelles des hommes et des femmes.
« Il s'agissait de savoir, dit Franklin, s'il est
convenable de donner aux femmes une éducation scientifique, et si elles ont de l'aptitude pour
les travaux de l'esprit. » Collins soutenait la
négative, Benjamin l'affirmative, « peut-être,
avoue-t-il, un peu par esprit de contradiction. »
Battu de vive voix par la facile faconde de son
adversaire, Benjamin prit sa revanche par écrit
(une absence de John était le prétexte); John
prit aussi la plume ; Benjamin riposta. Trois ou
quatre lettres s'étaient échangées ainsi lorsque
le père mit la main sur la correspondance ; et,
judicieux arbitre, sans entrer dans le sujet de la
discussion, prit occasion de là de parler à son
fils de son style, lui accordant l'avantage pour
l'orthographe et la ponctuation, mais lui faisant
remarquer aussi la supériorité de son anta-

goniste, relativement au choix des expressions et à la distribution des preuves. — Dès-lors, l'attention de l'apprenti se tourna de ce côté. Le père avait plus fait peut-être qu'il n'avait voulu faire.

———

ESSAIS LITTÉRAIRES.

« Vers cette époque, nous dit Franklin, je rencontrai un volume dépareillé du *Spectateur* (1). Je n'en avais jamais rien vu. Je l'achetai, le lus, le relus et en fus enchanté. J'en trouvai le style parfait et je conçus le désir de l'imiter, s'il m'était possible. Dans cette vue, j'en choisis quelques articles et après avoir pris de courtes notes sur la substance de chaque phrase, je les laissai reposer pendant quelques jours ; puis, sans regarder le livre, j'essayai de reproduire les articles en refaisant, d'après mes notes, les phrases dans leur entier : comparant alors *mon Spectateur* avec l'original, je reconnus mes

(1) Célèbre recueil de conseils moraux, variés sous toutes les formes.

fautes et les corrigeai. Je m'aperçus qu'il me
manquait un fonds d'expressions ou, pour mieux
dire, la facilité de me les rappeler et de les mettre
en œuvre. Je pensai que je l'aurais acquise si
j'avais continué à faire des vers ; car la nécessité
de chercher sans cesse des mots de même signi-
fication, mais de longueur ou de terminaison
différentes, en aurait fait entrer une bonne pro-
vision dans ma mémoire, où je les aurais retrou-
vés au besoin. Je pris donc quelques contes du
Spectateur et je les mis en vers ; puis, lorsque
le souvenir en fut à peu près effacé, je les remis
en prose. Quelquefois je mêlais mes notes et
quelques jours après, je tâchais de les remettre
en ordre, avant de commencer à refaire les
phrases et à traiter le sujet. Je m'apprenais ainsi
à ranger méthodiquement mes pensées.

« En comparant mon ouvrage à l'original, j'y
découvrais bien des fautes et je les corrigeais.
Mais j'avais quelquefois le plaisir de me figurer
qu'en certains détails de peu d'importance, j'avais
rencontré une meilleure disposition d'idées ou
des expressions plus heureuses, et cela me faisait
espérer qu'avec le temps je pourrais devenir un
écrivain passable, ce que j'ambitionnais ardem-
ment. — Le temps que je prenais pour ces exercices, c'était le soir après ma journée, le matin
avant l'heure du travail et le dimanche. »

Le jeune apprenti n'en est pas encore à deviner

où ces exercices le mèneront ; il serait fort
embarrassé de vous dire où il va ; mais qu'im-
porte ! il sait qu'il est sur un chemin et il
marche, bien certain, en marchant, d'arriver
quelque part. — Voyez du reste avec quel
bonheur ses instincts suppléent aux indications
bibliographiques qui lui manquent : au milieu
des livres d'église qui remplissent la bibliothèque de son père, se trouvent, perdus dans la
foule, quelques volumes à son usage ; ces volumes, il les aperçoit, il les distingue, il les recon-
naît, pour ainsi dire : là sont traitées les questions qui le préoccupent ; là sont retracés et le
but auquel il aspire et les moyens qu'il recherche. Quant à la tournure de style qu'il faut à sa
tournure d'esprit, quant au langage, au ton, à
l'accent qui convient à ses *pensées*, qu'il vienne
à le rencontrer aussi, il le reconnaîtra de même
tout d'abord. — En fait de direction intellectuelle, *Daniel Foe* (1) et *Mather ;* en fait d'expo-
sition d'idées et d'élocution, le *Spectateur*.

Une discussion dans le genre *socratique*,
trouvée à la fin d'une grammaire anglaise, lui
apprit à seize ans, le vain art qui consiste à pro-
voquer peu à peu son adversaire par des inter-
rogations modestes, puis à tourner contre lui ses
propres réponses, de façon à l'acculer enfin en-

(1) L'auteur de Robinson Crusoé.

tre une rétractation et une absurdité ; art sédui-
sant, du moins pour cet âge où l'on croit tout
obtenu quand on a réduit ses adversaires au
silence ; — sans apercevoir le tort que l'on a
fait à sa cause, le tort que l'on s'est fait à soi-
même. Franklin confesse « qu'il prit goût à cette
méthode, qu'il la mit *à tout propos* en usage et
qu'il devint très-habile à entraîner même des
gens de connaissances supérieures dans des concessions dont ils n'apercevaient pas d'abord la
portée » ; obtenant dans cette *petite guerre*
maint triomphe aux dépens de la prudence et de
la bienséance (1). Peut-être ce travers est-il l'un
des degrés par lesquels l'inexpérience de la
jeunesse doit passer avant de s'élever plus haut.

Vers le même temps, notre petit philosophe
« ayant eu, nous dit-il, à *rougir* de son ignorance sur le calcul », avec lequel il avait essayé

(1) « Je venais, dit-il, de lire *Shaftesbury* et *Collins* *
qui m'avaient rendu sceptique sur toute chose, comme
je l'étais déjà sur bien des points de nos doctrines religieuses. Laissant donc là ma brusquerie de contradiction et l'argumentation tranchante, je me bornais
humblement à interroger : je trouvais ce procédé
aussi commode pour moi qu'embarrassant pour mes
adversaires. »

* Moralistes et métaphysiciens anglais. — Antoine COLLINS
(pupille de *Locke*), né en 1676, mort en 1729 ; — Antoine
Ashley Cooper comte de Shaftesbury, ami de *Locke*, né en
1671, mort en 1713.

vainement de se familiariser à l'école fut tout étonné, prenant un *Traité d'arithmétique*, de le comprendre d'un bout à l'autre le plus facilement du monde. Il ajoute : « Je lus aussi le *Traité de navigation* de Seller et Sturny, ce qui me fit connaître le peu de géométrie qui s'y trouve ; mais je n'allai jamais bien loin dans cette science. — Ce fut à cette époque, dit-il encore, que je lus l'*Essai sur l'entendement humain* de LOCKE, et la *Logique de Port-Royal.* »

Un exemple vous convaincra que le jeune apprenti prenait ses lectures au sérieux. Un livre lui étant tombé dans les mains, qui réclamait énergiquement contre le droit du plus fort en faveur des malheureuses victimes de la gourmandise humaine, Franklin, impuissant contre la commune injustice, résolut au moins de ne plus s'en rendre complice, et de s'en tenir aux aliments végétaux. Querellé et moqué pour cette singularité, il proposa à son frère de lui donner par semaine, *moitié* de ce qu'il payait pour sa nourriture et de le laisser se nourrir à son compte. Le frère accepta sur-le-champ, et Franklin, volontairement astreint au régime du riz et des pommes de terre bouillies, trouva, nous dit-il, double gain au marché : 1º il reconnut que, recevant moitié du prix de son ancienne nourriture, il pouvait se contenter du quart ;

3

l'autre quart était acquis à sa bibliothèque;
2° le maître et les ouvriers quittant l'imprimerie à l'heure du repas, le jeune Pythagoricien
y restait seul, et faisant à la hâte son dîner
frugal (lequel, nous dit-il, consistait le plus
souvent en un morceau de pain, une grappe de
raisin, ou une tarte et un verre d'eau), em-
ployait à l'étude le temps qui lui restait jusqu'à
leur retour. — « Je fis d'autant plus de progrès, ajoute-t-il, que la tempérance dans le
boire et le manger rend l'application plus
facile et l'esprit plus net » (1).

Nous touchons au moment ou le frère aîné va
voir enfin sortir quelque chose du bizarre entê-
tement qui cloue son apprenti sur les livres et
lui fait tant user de papier et d'encre. Nous touchons à la *première publication* de Benjamin

(1) Quant aux scrupules pythagoriciens de Franklin,
à demi-vaincus (lors de son premier voyage) par
l'odeur merveilleuse de la morue au sortir de la poêle,
— ils ne tinrent pas contre une remarque que la tenta-
tion appela fort à propos à son aide : « Je balançais
entre mon principe et mon goût, dit-il, quand il me
revint à l'esprit que lorsqu'on avait vidé ce poisson j'en
avais vu tirer d'autres plus petits de son estomac;
puisque vous vous mangez les uns les autres, pensai-
je, je ne vois pas pourquoi nous ne vous mangerions
pas aussi. J'en fis donc mon dîner et de grand cœur,
tant il est commode d'être une créature *raisonnable* '

Franklin. C'est un bien grand événement dans la vie du jeune compositeur.

Cette première publication, c'est un article de journal. Il faut vous dire que le frère aîné, en 1720 ou 1721, avait fondé un journal, le *second* qui eût paru en Amérique (1) ; ce journal, c'était Benjamin Franklin qui le portait aux abonnés, après avoir travaillé à la *composition* et à l'*impression*. Vous voyez qu'il avait fort à faire. Toutefois il ne pouvait entendre les amis de son frère, réunis à l'imprimerie, causer des articles insérés et de leur effet, sans être tenté de faire son article à son tour. Laissons le dire :

« N'étant encore qu'un enfant et certain que mon frère refuserait de rien insérer de mes œuvres, je déguisai mon écriture et glissai, le soir, un article anonyme sous la porte de l'imprimerie. Mon frère le trouva le lendemain ; ses amis, venus comme d'habitude, le lurent, le commentèrent en ma présence et je jouis du plaisir délicieux de voir qu'il obtenait leur approbation, et de n'entendre nommer dans

(1) « Notez, nous dit ici Franklin, qu'il s'était trouvé des gens pour lui dire que c'était assez d'un journa pour l'Amérique; qu'un second tomberait tout d'abord.» Franklin ajoute qu'à l'instant où il écrit (en 1771) l'Amérique possède vingt-cinq journaux. — Leur nombre se chiffre aujourd'hui aux Etats-Unis, par milliers.

leurs conjectures sur l'auteur inconnu, que des gens d'esprit et de savoir. Il est à croire que j'avais affaire à des juges peu sévères et qu'ils n'étaient pas tout à fait d'aussi bons écrivains que je le supposais en ce temps-là. Quoi qu'il en soit, cet essai m'encouragea; j'écrivis d'autres articles, je les envoyai de la même manière et ils furent également bien reçus. Je gardai mon secret jusqu'à ce que j'eusse épuisé tout mon fonds de composition. Je me découvris alors, et commençai à obtenir un peu plus de considération de la part des amis littéraires de mon frère. — Quant à lui, pourtant, il ne fut pas très-aise... Ce fut même une des causes des différends qui commencèrent à s'élever entre nous. Bien que mon frère, il se considérait comme mon maître et me regardant comme son apprenti, attendait de moi les mêmes services que de tout autre; tandis que je me trouvais humilié de certaines choses qu'il exigeait, comptant sur plus d'indulgence de la part d'un frère. Nos querelles se portaient souvent devant notre père, et je présume que j'avais généralement raison ou que je plaidais mieux ma cause, car le jugement était toujours en ma faveur. Mais mon frère était violent et me battait souvent, ce que je prenais fort mal (1). Ainsi battu, trouvant mon

(1) Franklin ajoute : « *peut-être ce traitement dur et tyrannique contribua-t-il à inculquer dans mon âme celle*

apprentissage fort ennuyeux, je soupirais sans
cesse après une occasion pour l'abréger. Elle
s'offrit enfin ! »

Le frère de Franklin ayant été mis en prison
pour un article qui avait déplu aux autorités
coloniales, défense lui fut faite de continuer la
publication de son journal. Pour éluder cette
défense, le journal parut non plus sous le nom
de *James*, mais sous celui de *Benjamin* Franklin.
James (le frère aîné) rendit à Benjamin son
engagement d'apprentissage avec la décharge
au dos, tout en lui faisant signer un autre acte
en secret.

« Le journal de mon frère parut ainsi sous
mon nom, dit Franklin, pendant plusieurs mois.
A la fin, une nouvelle querelle s'étant élevée
entre mon frère et moi, je pris sur moi d'invo-
quer ma libération, présumant qu'il n'oserait pas
produire le second contrat d'apprentissage. Il
n'était pas bien à moi de me prévaloir de cette
circonstance : c'est ici l'un des premiers ERRATA
de ma vie (1); mais l'indélicatesse de ce procédé

haine contre l'arbitraire que j'ai conservée toute ma
vie. »

(1) Franklin dit ailleurs qu'il ne verrait pas d'objection à recommencer sa vie du commencement à la fin
« sauf à réclamer l'avantage dont jouit un auteur,
celui de corriger, dans une seconde édition, les FAUTES
D'IMPRESSION *de la première.*

ne me pesa guère, vu que j'étais encore tout
entier sous l'impression des coups que j'avais
reçus. A part cette violence à mon égard (le
frère cadet fait ici son possible pour adoucir les
torts du frère aîné), ce n'était pas un mauvais
naturel. Peut-être aussi y mettais-je de l'arro-
gance et de la taquinerie. »

Le frère aîné ne s'en tint pourtant pas là.
Quand il vit son apprenti lui échapper décidément, il courut chez tous les imprimeurs de la
ville et le recommanda de belle sorte. « Ajoutez
à cela, dit Franklin, que mes discussions indis-
crètes sur les questions religieuses, commençaient à me faire regarder avec horreur par les
bonnes gens comme un païen ou un athée » (1).
De plus, le père s'était rangé cette fois-ci du côté
du frère aîné.

La passion de Franklin pour la marine était
éteinte ; il avait un état en main, il ne lui fallait
plus que de l'ouvrage ; il n'en trouvait pas à
Boston, il résolut d'en aller chercher ailleurs, à
cent lieues de là, à *New-York* (2). L'ami Collins

(1) Quelques sarcasmes lancés par lui dans le journal
de son frère contre le parti gouvernant, l'avaient déjà
rendu suspect à ce parti et l'avaient fait en outre
regarder de mauvais œil par plusieurs, comme un
jeune homme enclin à la satire, comme un libelliste en
herbe.

(2) « Entre les villes *du voisinage* qui avaient en ce
temps-là des imprimeries, c'était, dit-il, la plus voisine. »

facilita sa fuite. Ses livres vendus, il s'embarqua secrètement à la faveur d'une fable assez peu modeste. « Nous eûmes bon vent, dit-il, et en trois jours je me trouvai à New-York, à trois cents milles de mon père, à l'âge de dix-sept ans, sans la moindre recommandation, sans connaître personne, et presque sans argent. »

Pour premier désappointement, l'imprimeur auquel il s'adresse ne peut lui donner d'ouvrage, et le renvoie à son fils, imprimeur dans une autre ville, à trente lieues plus loin. L'ouvrier-voyageur ne recule pas devant ces trente lieues; le voyage par mer ou par terre, à pied, ou bien encore dans un bateau de rivière, est semé de mésaventures plus propres les unes que les autres à lui faire regretter le logis.

Sans m'arrêter au détail de ces mésaventures, je vous citerai son entrée à *Philadelphie*, laquelle contraste singulièrement avec la figure qu'il y fit plus tard. Il y arrive un dimanche matin par une barque de Burlengton, et débarque sur le quai de Market-Street.

« J'étais en habit de travail, nous dit-il, mes meilleurs vêtements venant par mer. Mon passage dans la barque m'avait couvert de boue, mes poches étaient gonflées de bas et de chemises, et je ne savais où ni à qui m'adresser pour un logement. Fatigué d'avoir marché, d'avoir ramé, tombant de sommeil et de faim, j'avais, en tout et pour tout, un dollar et un shilling en monnaie de cuivre que je donnai aux bateliers pour mon passage..... Je m'avançai sur le milieu de la chaussée, regardant de côté et d'autre. J'allai ainsi jusqu'à la rue du Marché (Market-Street) où je vis un enfant qui portait un pain. J'avais fait plus d'un repas avec du pain sec. Je lui demandai où il l'avait acheté et j'entrai sur-le-champ chez le boulanger qu'il m'indiqua. Je demandai des *biscuits*, voulant parler de ceux que nous avions à Boston ; on n'en faisait pas de cette espèce à Philadelphie : je demandai un pain de trois sous ; il n'y en avait pas de ce prix. Ne connaissant rien aux prix ni aux dénominations des pains, je priai que l'on me donnât pour trois sous d'un pain quelconque. On me donna trois gros pains ; je fus surpris de la quantité, je les pris cependant, et n'ayant pas de place dans mes poches je marchais en en tenant un sous chaque bras, et en mangeant le troisième. J'avançai ainsi dans Market-Street jusqu'à Fourth-Street (1), passant devant la porte de M. Read, père de la femme que je devais épouser plus tard. Elle était à sa porte, me vit et pensa avec raison que je faisais une figure passablement ridicule. »

Restauré avec l'un de ces trois pains, et géné-

(1) La quatrième rue.

reusement déchargé des deux autres, désaltéré du reste à bord de la barque avec de l'eau de la rivière, il remarque beaucoup de gens bien vêtus qui suivaient tous la même direction. « J'allai comme eux, dit-il, et je me trouvai conduit dans la grande maison où s'assemblent les *Quakers* (1), près le marché. Je m'assis parmi eux et, après avoir regardé quelque temps autour de moi, n'entendant rien dire, accablé de lassitude et n'ayant pas fermé l'œil de la nuit précédente, je m'endormis et ne m'éveillai qu'à la fin de la séance, grâce à quelqu'un qui voulut bien m'avertir. Ce fut donc la première maison où j'entrai et où je dormis dans Philadelphie. »

Un jeune Quaker lui indique obligeamment une auberge *respectable;* et, le lendemain, après avoir payé, en fait de sommeil, tout l'arriéré à la nature, il se présente au fils de l'imprimeur de New-York. Un gîte lui fut offert; mais pour l'ouvrage, l'imprimeur Bradfort le renvoya à son unique confrère Keimer. Celui-ci lui fit quelques questions, lui mit le *composteur* en main et promit de l'occuper. Il lui fit en effet remettre en état une vieille presse malade; puis le logea chez son propriétaire, M. Read, et l'employa activement.

Bientôt le jeune fugitif se vit à l'aise par son

(1) Se lit en français : *couacres.*

travail et son économie, fort content d'ailleurs d'une ville où la liberté de penser (ou, si vous voulez, *la liberté de se tromper*) était plus grande qu'en aucune autre ville du Nouveau-Monde; passant agréablement les soirées avec ses nouveaux amis, aimé de ses hôtes, « oubliant Boston autant qu'il pouvait et désirant que personne ne connût sa demeure, excepté l'ami Collins qui lui garda fidèlement le secret. »

Un jour son patron et lui, étant à travailler ensemble près de la fenêtre, virent le Gouverneur de la province, *William Keith*, en grand costume, accompagné d'un colonel en grand costume, traverser la rue, vis-à-vis la maison et frapper à la porte. « Keimer descendit à l'instant, prenant pour lui cette visite, » mais le Gouverneur demanda le jeune Franklin, entra, puis avec une condescendance et une politesse à laquelle l'ouvrier n'était pas accoutumé, lui fit force compliments, témoignant le désir de faire sa connaissance ; le gronda de ne s'être pas fait connaître à lui lors de son arrivée, et finit par l'inviter à l'accompagner dans une taverne où il allait, dit-il, goûter du bon Madère avec le colonel French.

C'était la prose de Franklin qui lui valait cet insigne honneur. Une lettre apologétique adressée par lui à son beau-frère *Robert Holmes* qui avait découvert sa résidence, était arrivée à ce beau-frère, à New-Castle, au moment où il causait avec William Keith. Le Gouverneur ayant lu cette lettre n'avait pu croire qu'elle fût d'un ouvrier de dix-sept ans.

Sur l'invitation du Gouverneur, Franklin suivit les deux visiteurs dans une taverne au coin de Third-Street (1), et là, tout en buvant le Madère, il lui fut proposé de s'établir à Philadelphie. Après une séduisante énumération de toutes les chances de succès, après toutes les promesses possibles d'encouragement et d'assistance, l'on arrêta que Franklin partirait pour Boston avec une lettre expresse du Gouverneur à son père, sur l'établissement projeté. — Ne serait-ce là qu'une comédie arrangée avec le beau-frère, pour ramener le fugitif à sa famille ?

« De temps en temps, dit Franklin, en attendant le départ, le Gouverneur m'envoyait inviter à dîner chez lui, ce que je regardais comme un honneur d'autant plus grand qu'il causait avec moi de la manière la plus affable, sur le ton de l'amitié et de la familiarité. » — Cet épisode romanesque ainsi jeté à travers l'histoire de l'ouvrier imprimeur, a tout l'air d'être un rêve.

Vers la fin d'avril 1724, Franklin part réellement pour Boston, muni d'une longue et flatteuse lettre du Gouverneur ; il arrive chez ses

(1) La troisième rue.

parents après une traversée de quinze jours, et aussi après sept mois d'absence et de silence complet, le beau-frère Holmes n'ayant pas encore donné de ses nouvelles. Laissons-le parler lui-même :

« Mon retour inattendu, dit-il, surprit la famille. Chacun me témoigna pourtant beaucoup de joie de me revoir, excepté mon frère. J'allai le voir à son imprimerie : j'étais mieux vêtu que je ne l'avais jamais été quand je le servais comme apprenti. J'avais un habit complet entièrement neuf, une montre et le gousset garni de près de cinq livres sterling en argent. Il ne me reçut pas d'un air franc, me regarda de la tête aux pieds et se remit à son ouvrage.

« Les ouvriers me demandèrent où j'avais été, comment j'avais trouvé le pays et s'il m'avait plu. J'en fis un grand éloge, je m'étendis sur le bonheur dont j'y avais joui, et exprimai fortement mon intention d'y retourner. L'un d'eux m'ayant demandé quelle monnaie y était en usage, je tirai de ma poche une poignée d'argent que j'étalai devant eux : c'était une curiosité pour eux ; tous les paiements se faisant en papier à Boston. Je saisis ensuite l'occasion de faire voir ma montre, et enfin, au grand déplaisir de mon frère qui était de fort mauvaise humeur, je leur donnai un dollar pour boire, et je partis. Cette visite l'offensa vivement. Quelque

temps après, ma mère lui parlant de réconcilia-
et lui témoignant le désir de nous voir vivre en
bonne amitié comme le doivent faire deux
frères, il répondit que je l'avais insulté devant ses
ouvriers d'une manière qu'il ne pourrait jamais
oublier ni pardonner. — En ceci pourtant il se
trompait.

Vous verrez en effet tout à l'heure avec quel
soin Franklin répare et se fait pardonner ses
torts de jeunesse. Vous voyez ici qu'il ne les
dissimule pas ; s'il l'osait, il exprimerait hautement sa reconnaissance à leur égard, car il leur
doit beaucoup. Chez Franklin et chez ceux qui
lui ressemblent, ce sont les erreurs théoriques
ou pratiques des vingt-cinq premières années
qui fournissent aux années suivantes leurs plus
fécondes racines.

Le père remercia le Gouverneur, et lui allé-
guant l'inexpérience de son protégé, se garda
de laisser faire une sottise irréparable à son fils :
charmé néanmoins que celui-ci eût réussi à
s'attirer une telle protection et surtout qu'il eût
été assez *laborieux* et assez *rangé* pour s'équi-
per en si peu de temps de la sorte. « Ne voyant
pas, dit Franklin, de jour à un accommodement
entre mon frère et moi, il consentit à ce que je
retournasse à Philadelphie, me conseilla d'être
plein d'égard pour les habitants, de chercher à
me concilier l'estime générale, et de m'abstenir

d'écrits satiriques pour lesquels il me croyait beaucoup trop d'inclination..... Cette fois, je partais de leur consentement et avec leur bénédiction. »

Le père ne se trompait pas. Deux jeunes femmes, passagères du même navire, faillirent démentir toutes les flatteuses présomptions de sir William Keith. Par bonheur, une dame quakeresse de moyen âge, « femme censée et respectable » à laquelle Franklin avait rendu à bord quelques petits services avec sa prévenance ordinaire (1), le prit à part et lui dit : « Jeune homme, je suis inquiète pour toi ; tu es ici sans amis : tu ne parais pas connaître beaucoup le monde et les piéges auxquels la jeunesse est exposée ; crois-moi, ce sont là de fort mauvaises femmes, je le vois à toutes leurs actions ; si tu n'es pas sur tes gardes, elles t'entraîneront dans quelque danger. Elles te sont étrangères, et c'est par intérêt pour toi que je te conseille de ne point te lier avec elles. » Franklin ajoute : comme je paraissais d'abord ne point partager la mauvaise opinion qu'elle en avait conçue, *elle me signala différentes choses qu'elle avait vues ou entendues et qui m'avaient échappé.* Je finis par

(1) Franklin dit quelque part « que celui qui n'a rien peut encore donner beaucoup en obligeance et en prévenance. »

reconnaître qu'elle avait raison. — Il ne fut pas plus tôt débarqué à New-York qu'il apprit à quel terrible écueil sa frêle barque venait d'échapper.

Il est un autre écueil dont la bonne quakeresse ne garantit pas le jeune veyageur. Un ami de sa famille à New-Port, nommé Vernon, ayant environ trente-cinq livres sterling à toucher en Pensylvanie, le chargea de ce recouvrement, le priant de garder la somme jusqu'à nouvel ordre. Pour secourir son ami Collins, arrivé cette fois avant lui à New-York, et qui le suivit à Philadelphie, Franklin se permit de toucher à ce dépôt : bientôt la somme entière y passa, laissant au dépositaire pour plusieurs années de transes continuelles. « La violation du dépôt de Vernon, dit-il lui-même, est un des premiers grands *errata* de ma vie. Ce fait prouve que mon père avait eu raison. »

Il faut dire en passant que le Gouverneur de New-York, apprenant du capitaine qu'un de ses passagers avait beaucoup de livres à bord, le fit prier de le venir voir, le reçut avec beaucoup de politesse, lui montra sa biblothèque et causa longuement avec lui sur les livres et sur les auteurs. C'était le second gouverneur dont l'attention eût été attirée par ses essais littéraires. « Pour un pauvre jeune homme comme moi, dit-il, ce n'était pas peu flatteur (1) ».

Quant au Gouverneur de Pensylvanie, il ne se tint pas pour battu par le refus du père. « Si votre père, dit-il à Franklin, refuse de vous établir, c'est moi qui m'en chargerai. Donnez-moi un état des choses qu'il faut tirer d'Angleterre et je les ferai venir. Vous me paierez quand vous pourrez. » Cet état présenté, il parut plus convenable à sir William que Franklin se rendît lui-même en Angleterre, tant pour chercher les objets nécessaires, que pour former des liaisons, établir des correspondances, etc.

En attendant le vaisseau qui faisait chaque année le trajet de Londres, le jeune Bostonien se remit à l'ouvrage chez Keimer qui, du reste, ne soupçonnant rien de ses projets, vivait avec lui en parfaite intelligence, et, grand faiseur de systèmes, promettait sérieusement à son ouvrier le rôle de *contradicteur* et de *réfutateur* dans la secte qu'il voulait fonder. Mais parlons de miss Read.

Franklin avait pour elle « beaucoup de respect et d'affection. » Franklin avait « quelque raison de croire qu'elle partageait ses sentiments. »

---

(1) Cela nous montre quelle était en ce temps-là (sous le rapport littéraire) la pénurie des colonies anglaises.

Mais Franklin n'était pas établi et n'avait que des espérances à opposer à la dot réelle de la jeune papetière. Franklin était du reste à la veille de faire un grand voyage et venait seulement d'achever sa dix-huitième année. Conséquemment la mère de sa jeune amie (pauvre mère aveugle) jugea prudent d'empêcher que cela n'allât trop loin pour le moment.

Ce serait le lieu de parler des liaisons de Franklin à Philadelphie ; de ces camarades qui, tous grands amateurs de livres et faiseurs de vers, allaient lire leurs œuvres ensemble, le dimanche, dans les bois qui bordent le Skuiskill : clercs de notaire ou commis, tous, à l'exception d'un seul, très-hardis en leurs pensées. Leur action sur Franklin se confond avec celle de ses autres amis : De Foe et Mather, Addisson (1), Shaftesbury, Locke.

De ces camarades, un seul exercera une funeste influence sur les sérieuses habitudes de Franklin, c'est *Ralph*, le poète, qui va le suivre en Angleterre, comme Collins l'avait suivi à Philadelphie. — Il est à noter que l'ascendant de Franklin porte malheur à ceux qu'il attire dans sa sphère : apportant peut-être des lumières égales, mais non des habitudes d'esprit et de cœur pareilles, ils se brûlent presque tous à l'endroit où, lui, il s'éclaire.

(1) Le principal auteur du *Spectateur*.

Le vaisseau était prêt, que le Gouverneur n'avait pas encore donné la lettre de crédit et les lettres de recommandation promises. « Ayant fait ses adieux à ses amis et échangé des promesses mutuelles avec miss Read, Franklin partit de Philadelphie pour New-Castle » où se devait trouver le Gouverneur. Là, sans voir le Gouverneur, il reçut l'assurance que les lettres désirées seraient envoyées à bord.

Il y a décidément sur le visage du jeune Franklin quelque chose qui prévient les *Amis* (1) en sa faveur; à son entrée dans la *Ville des Amis* (2), un jeune quaker lui choisit fraternellement un gîte; tout à l'heure une dame quakeresse l'a spontanément garanti d'un grand danger; à présent, dans la traversée d'Angleterre, un riche quaker, *M. Denham*, le prend en amitié, et cette précieuse amitié lui est conservée jusqu'à la fin. — Laissons ici parler Franklin :

« Arrivés dans la Manche, le capitaine me remit le sac aux lettres pour que je prisse celles qui m'étaient destinées; j'en triai six ou sept, une entre autres, adressée à l'imprimeur du roi et une autre à un marchand de papiers. Débarqué (le 24 décembre 1724) je courus chez le

---

(1) C'est le nom que prennent entre eux les quakers.
(2) Philadelphie.

papetier et lui remis la lettre comme venant du gouverneur Keith : « Je ne le connais pas », me dit-il, et l'ayant ouverte : « Ah! c'est de la part de Riddlesden. J'ai reconnu que c'était un fripon, je ne veux rien avoir à démêler avec lui », et, me remettant la lettre, il me tourna les talons pour servir ses pratiques. »

Jugez de l'étonnement de notre voyageur! il était là singulièrement puni de sa discrétion ; car la première personne à qui il se fût ouvert de ses projets, lui eût appris que sir William Keith pouvait avoir des promesses, mais n'avait pas de crédit à donner. « Tu te perfectionneras chez les imprimeurs anglais, lui dit le bon M. Denham, et à ton retour en Amérique tu t'y établiras plus avantageusement. »

DIX-HUIT MOIS A LONDRES.

L'arrivée de Franklin et de Ralph en Angleterre rappelle tout à fait la fable de La Fontaine :

Quatre chercheurs de nouveaux mondes, etc. (1).

(1) Livre x, fable 16.

Vainement le poète américain s'adresse à ses parents d'Angleterre ; vainement il veut essayer du théâtre ; vainement il se présente pour la rédaction d'un journal ; vainement il se rabat sur le métier plus humble de copiste. — Franklin, ouvrier et bon ouvrier, trouve sur-le-champ de l'ouvrage et travaille pour deux. Du reste les manières de voir et de sentir du travailleur se ressentaient un peu du désœuvrement de son associé.

« Ralph, marié et père, semblait avoir oublié sa femme et son enfant, et, par degrés, moi aussi, dit Franklin, j'oubliais mes engagements avec miss Read à qui je n'écrivis qu'une seule fois, et pour lui annoncer que je ne retournerais pas de sitôt à Philadelphie. » — Les divertissements de Londres faisaient tort aux souvenirs de Boston et de Pensylvanie ; le fracas étourdissant de la Grande Ville empêchait d'entendre ce qui se disait là-bas.

La même indifférence étendue peu à peu aux grands intérêts de la société humaine, se trahit dans un *pamphlet* écrit et imprimé dans le même temps (en 1725) par l'imprimeur de dix-neuf ans : pamphlet dans lequel, sous prétexte de croire à l'infinie perfection de l'Auteur des choses et de l'homme, le jeune métaphisicien se montrait fort peu sensible aux imperfections du divin ouvrage. Ce pamphlet (que Franklin compte entre ses *errata*) lui valut pourtant une certaine considération de la part de son patron, le célèbre Palmer, puis la connaissance de quelques esprits indépendants de ce temps-là. Il faillit même lui valoir l'honneur d'être présenté au grand Newton. — Franklin nous avertit qu'à défaut de cabinet de lecture, il fouillait à son aise dans une immense collection de livres d'occasion.

Ralph, maître d'école dans un village, sous le nom même de Franklin, lui laisse sur les bras une jeune femme fort aimable, et Franklin qui, sans doute, ne voit plus guère son vénérable ami, M. Denham, Franklin (autre *erratum !*) va jusqu'à se permettre avec l'amie de son ami des libertés qui, reçues avec indignation et dénoncées à Ralph, débarrassent tout à coup l'imprimeur de la pesante amitié du poète.

Séparé de Ralph, Franklin revient à lui-même. De l'imprimerie de Palmer, il passe dans celle de Watts. C'est là que le buveur d'eau, le poisson américain (*the american Aquatic*), comme on l'appelait, donne sa célèbre leçon de sobriété aux buveurs de bière anglais.

« Celui qui travaillait avec moi à la presse, dit Franklin, en buvait régulièrement tous les jours un pot avant de déjeuner, un pot en déjeunant avec du pain et du fromage, un pot entre le déjeuner et le dîner, un pot à dîner, un pot dans

l'après-midi (vers les six heures), un sixième et
dernier pot quant il avait fini sa journée. Cette
habitude me paraissait détestable ; mais il prétendait qu'il fallait boire de la *bière forte* pour
se donner des *forces*. Je m'efforçai de le désa-
buser de son erreur : il n'en continua pas moins
à boire ; il avait, tous les samedis soir, quatre
à cinq shillings à payer sur ses gages pour cette
misérable boisson, dépense dont je me trouvais
exempt. »

Franklin ajoute : « A mon exemple, un grand
nombre de compositeurs renoncèrent à leur misérable déjeuner de bière, de pain et de fromage,
voyant qu'ils pouvaient, comme moi, se procurer dans le voisinage une grande écuelle de
gruau, relevé de poivre, bien garni de pain et
assaisonné d'un morceau de beurre pour le prix
d'une pinte de bière, déjeuner qui avait l'avantage d'être plus nourrissant, plus économique,
et de conserver la tête plus saine. Ceux qui con-
tinuaient à se gorger de bière tout le jour étaient
souvent sans crédit chez le marchand. Alors,
leur chandelle étant morte, disaient-ils, ils me
priaient de leur *prêter du feu*. Je surveillais la
banque du samedi soir, et je retenais le montant
des avances que j'avais faites pour eux et qui
allaient quelquefois à trente shillings par
semaine. Ce service et ma réputation de bon
plaisant, maintinrent ma prééminence parmi

eux. — Mon exactitude était agréable au maître ;
je ne fêtai jamais saint Lundi, et la célérité peu
commune de ma composition me faisait charger
des ouvrages pressés, qui sont d'ordinaire les
mieux payés. J'avais donc tout lieu d'être content
de ma position. »

Son habileté dans la natation commençait à
devenir célèbre et peut-être même allait-il s'en
faire un bon moyen d'existence, lorsque mon-
sieur Denham, « avec qui, nous dit-il, il passait
souvent alors une heure, quand il avait du loi-
sir », lui offrit une place dans sa maison de
commerce (1). — « Cette proposition me plut, dit
Franklin. J'étais ennuyé de Londres ; je me
rappelais avec plaisir les jours heureux que
j'avais passés en Pensylvanie, et je désirais revoir
ce pays. L'affaire arrangée sur le pied de cinquante livres par an, je dis adieu à l'imprimerie,
et je me mis à mes nouvelles fonctions. Je suivis
M. Denham chez les marchands, pour y faire les

(1) Un seul trait va vous dire à quel commerçant
Franklin avait affaire. Arrivant en Angleterre avec
Franklin, comme vous l'avez vu, ce M. Denham (qui,
par parenthèse, y avait précédemment fait de mauvaises spéculations) « invita ses anciens créanciers à
dîner, les remercia de la composition favorable qu'il en
avait obtenue ; puis, chacun d'eux trouva sous son
assiette une traite sur un banquier pour le montant du
reste de sa créance, en principal et intérêts. »

achats ; je veillai aux emballages, je fis les com-
missions, je pressai les ouvriers, etc. »

Avant de partir, il faut régler le compte des
dix-huit mois passés à Londres. « Pendant la plus
grande partie de ce temps, dit-il, j'ai travaillé
laborieusement dans ma profession, et j'ai fort
peu dépensé pour moi-même, si ce n'est en spec-
tacles et en livres... En somme, si je n'avais pas
amélioré ma fortune, j'avais augmenté mon
instruction ; j'avais fait connaissance avec quelques personnes d'esprit, dont la conversation
m'avait été très-utile, et j'avais lu considéra-
blement. »

RETOUR.

Parti de Gravesand, le 23 juillet 1726, Franklin
et M. Denham arrivent à Philadelphie le 11 octo-
bre. Le *journal* tenu par le jeune commis durant
la traversée serait peut-être l'un des meilleurs
commentaires à joindre au récit du premier
voyage de Colomb. Les observations d'histoire
naturelle, les remarques astronomiques, géogra-
phiques, historiques, etc., qu'il renferme, annon-

cent assez que, pour être d'un voyageur de vingt ans, elles ne sont pas, tant s'en faut, d'un voyageur inattentif. « Peut-être, nous dit Franklin, la partie la plus importante de ce *journal* est-elle le *plan* que j'avais formé pendant la traversée *sur la manière de régler, à l'avenir, ma conduite.* Ce qui rend ce plan plus remarquable, c'est que je le formai étant encore bien jeune, et que je m'y conformai exactement jusque dans ma vieillesse ». — Ce plan n'a pas été retrouvé ; mais vous en verrez tout à l'heure un autre, qui paraît être le développement de celui-là.

Franklin trouva miss Read mariée et qui, pis est, très-mal mariée. Cinq ans de malheur allaient payer pour la prudente timidité de la mère et pour l'oublieuse étourderie du fiancé : terrible leçon de circonspection pour l'avenir !

« M. Denham, dit Franklin, prit un magasin dans Water-Street, et nous y plaçâmes nos marchandises. Je m'appliquai au commerce, j'étudiai les comptes, et je devins en peu de temps habile à la vente. Nous logions et nous mangions ensemble. Il me donnait les conseils d'un père et en avait pour moi la tendresse ». La mort du vénérable quaker (en février 1727) vint interrompre cette douce vie et rendre Franklin à son premier isolement.

Franklin ne trouvant rien de mieux à faire, rentra chez Keimer qui avait besoin de lui pour former des apprentis. Entre autres avantages, il observe que Keimer, fêtant le samedi suivant la loi mosaïque, il se trouvait avoir là deux jours par semaine au lieu d'un, à donner à la lecture ; il ne manquait pas de les mettre à profit. La *prose* lui avait assez rendu de services pour qu'il fût désormais assuré, en travaillant pour elle, de ne pas travaillIer pour une ingrate.

L'atelier de Keimer, fort mal monté, était pour Franklin une excellente école d'invention. « Notre imprimerie, dit-il, manquait souvent de *sortes*, et il n'y avait aucune fonderie de caractères en Amérique. J'avais vu à Londres celle de James ; mais sans faire grande attention aux procédés employés. Cependant j'imaginai un moule ; je me servis des caractères que nous avions comme de poinçons ; je frappai en plomb les matrices, et ainsi je suppléai passablement à tout ce qui nous manquait ; je gravais aussi au besoin ; je faisais l'encre ; j'étais garçon de magasin ; en un mot, j'étais une espèce de *factotum*. »

Toutefois l'importance de ses services diminuant à mesure que ses écoliers devenaient plus habiles, le patron profita « d'une vétille » pour congédier le *factotum*. — Franklin consentit encore une fois à travailler pour Keimer, mandé par un message fort civil pour une mission typographique, dans laquelle celui-ci ne pouvait se passer de ses talents. Il s'agissait de l'impression d'un papier-monnaie pour le *New-Jersey*.

« Je fabriquai, dit-il, une presse en taille-douce, la première qu'on eût vue dans le pays, et je gravai, pour les billets, les vignettes et ornements. » — Les trois mois passés avec Keimer à *Burlington* pour ce travail, le font rechercher de tous à cause de son activité et de la culture de son esprit, et lui acquièrent une dizaine d'amis qui lui furent bien précieux par la suite. « Je prévois, lui dit l'un d'eux, vieillard adroit et spirituel, qui avait commencé par brouetter de la glaise pour les briqueteries, je prévois que vous ne tarderez pas à succéder à cet homme, et que vous ferez votre fortune à Philadelphie. »

A ce moment-là même, à l'insu de tous, arrivait d'Angleterre un matériel d'imprimerie qui devait justifier la prédiction du vieillard. Franklin, sans argent, mais non sans crédit, avait accepté des offres d'association de la part d'un jeune Pensylvanien, qui s'engageait à supporter les premiers frais.

ÉTABISSEMENT DE FRANKLIN.

Vous venez de voir Franklin en bien des posi
tions diverses. Vous allez le voir travailler pour
la première fois à son compte. Vous savez déjà
quelles habitudes il apporte dans son établissement; il tient beaucoup à ce que vous sachiez
aussi quels sont les principes qui vivifiaient
chez lui ces habitudes. Après avoir énuméré les
différentes phases de ces convictions religieuses
ou philosophiques (1), après avoir rappelé surtout les conclusions très-logiques peut-être,
mais très-déraisonnables, par lesquelles il ter-

(1) « Mes parents, dit-il, m'avaient de bonne heure
inspiré des sentiments religieux, et avaient conduit
pieusement mon enfance dans les voies du *Presbyté-
rianisme*. Mais j'avais à peine quinze ans, qu'après
avoir douté de plusieurs points controversés dans les
livres que j'avais lus, je commençai à douter de la
révélation elle-même. Quelques livres contre le *déisme*
tombèrent entre mes mains; c'était, disait-on, la substance des sermons prêchés aux instructions de BOYLE;
il arriva qu'ils produisirent sur moi un effet diamétra-
lement opposé à l'effet cherché. Les arguments des
Déistes, que l'on citait pour les réfuter, me parurent
beaucoup plus forts que les réfutations... »

minait à dix-neuf ans son pamphlet *optimiste*,
il constate ainsi l'état de ses idées à vingt-
trois :

« Je demeurai convaincu que la probité et
la sincérité dans les transactions entre les
hommes, étaient ce qui importait le plus au
bonheur de la vie, et je formai, par écrit, la résolution qui se trouve en mon *journal*, de ne
jamais m'en écarter tant que je vivrais. La révélation, j'en conviens, n'avait pas, comme telle,
de poids sur mon esprit ; mais j'étais d'avis que
certaines actions, pouvant bien n'être pas mauvaises, *parce qu'*elle les défendait, ni bonnes
parce qu'elle les ordonnait, étaient probablement
défendues parce que, de leur nature, elles étaient
mauvaises pour nous ; étaient probablement
ordonnées parce que, de leur nature, elles étaient
bonnes pour nous. Cette conviction, la protection de la Providence ou quelque ange gardien,
ou des circonstances favorables, ou toutes ces
causes réunies, — furent mes préservatifs pendant l'époque orageuse de la jeunesse, à travers
bien des situations critiques dans mon isolement, en pays étranger, loin des regards et des
avis de mon père. Ce fut là ce qui m'empêcha de
tomber volontairement dans de graves offenses
contre la morale et la justice, ainsi que mon
défaut de religion semblait devoir m'y entraîner..... J'avais donc une assez bonne réputation

en entrant dans le monde, j'en sentais le prix, et
je résolus de la conserver. »

Les commencements du nouvel imprimeur
sont bien modestes. Ses *Mémoires* nous le mon-
trent, avec un loyer de vingt-quatre livres sterling ; en pension pour sa nourriture chez un
vitrier auquel il sous-loue une bonne partie de
la maison. — Sa presse et ses caractères mis en
ordre, un de ses amis, Georges House, lui amène
un campagnard qui demandait un imprimeur.
— « Tout notre argent, dit Franklin, venait de
s'écouler en une foule de petites dépenses, et les
cinq pièces de vingt-quatre sous (les cinq shillings) du campagnard étant notre *premier gain*,
et venant si à propos, me firent plus de plaisir
que toutes les couronnes que j'ai gagnées depuis
ce temps. Le souvenir du gré que j'en ai su à
Georges House, m'a souvent rendu plus facile
que je ne l'aurais été sans cela à *aider les jeunes
gens qui commencent*. »

Rien n'égale l'ardeur que le nouvel imprimeur apporte à son travail. — Les quakers lui
avaient donné à imprimer quatre *feuilles* de leur
histoire. « C'était, dit-il, un grand in-folio,
imprimé en *cicéro* avec des notes en *petit romain*.
Je composais une feuille par jour, et *Meredith*
(son associé) en faisait le tirage. Il était souvent
onze heures du soir et quelquefois plus tard
avant que j'eusse fini d'en distribuer le caractère

pour la composition du lendemain ; car les
petits ouvrages que nos autres amis nous adres-
saient de temps en temps arriéraient quelquefois
celui-ci. Mais j'étais si déterminé à composer
tous les jours une feuille de l'*in-folio*, qu'un
soir, après avoir mis en page, et lorsque je
croyais ma journée finie, un accident ayant
rompu ma forme et mis deux pages *en pâte*, je
distribuai sur-le-champ et recommençai la composition avant de me coucher. — Cette ardeur
au travail, dont nos voisins étaient témoins,
commença à nous donner de la réputation et du
crédit. « Ce Franklin, disait-on au club des négo-
ciants, ce Franklin n'a pas son pareil : vous le
voyez encore à l'ouvrage au sortir du club, et
le matin il y est déjà quand ses voisins ne sont
pas encore levés. »

Franklin ajoute : « Si je me suis étendu sur
ce chapitre avec autant de détails et de franchise, au risque de paraître vouloir me donner
à moi-même des éloges, mon but a été que ceux
qui liront ces *Mémoires* reconnaissent combien
est utile l'act.vité dans le travail, en voyant,
dans la suite de cette relation, les effets favorables qu'elle a produits pour moi. »

Un projet de journal, conçu par Franklin et
facilement éventé par Keimer, lui est volé par
celui-ci. Franklin trouve le temps d'écrire une
série d'articles dans un autre journal publié par

l'ancien concurrent de Keimer, Bradfort. Le journal de Keimer n'a pas de succès et finit par être cédé à Franklin pour une bagatelle : dèslors il acquiert une véritable valeur.

« Nos premiers numéros, dit Franklin, furent tels qu'on n'en avait jamais vu dans la province : meilleur caractère, meilleure impression. Quelques observations que je rédigeai sur le différend qui divisait alors le Gouverneur Burnet et l'assemblée de Massachussets, frappèrent les principaux habitants, firent parler du journal et de celui qui le dirigeait, et les engagèrent tous en peu de semaines à s'abonner à notre feuille. Ils furent suivis de beaucoup d'autres, et le nombre augmenta de jour en jour. *Ce fut un des bons effets de la peine que je m'étais donnée pour écrire passablement.*

» Un autre résultat, ce fut que les principaux personnages de l'Etat, voyant un journal entre les mains de gens capables de tenir une plume, crurent devoir chercher à m'être utiles et à m'encourager. Bradfort avait été chargé jusque-là de l'impression des résolutions, lois et autres pièces administratives. Il avait imprimé un jour avec beaucoup de négligence une adresse de la Chambre au Gouverneur. Nous la réimprimâmes avec élégance et correction et nous en envoyâmes un exemplaire à chaque membre. On en remarqua la différence. Nos amis, dans la Chambre, se sentirent plus forts pour parler en notre faveur, et nous fûmes nommés imprimeurs de l'Assemblée pour l'année suivante.

» M. Vernon, vers cette époque, me rappela ma dette envers lui, mais sans me presser de l'acquitter. Je lui écrivis franchement, le priant de me continuer un peu de patience, ce qu'il m'accorda; et, dès que je le pus, je lui payai le principal et les intérêts, corrigeant ainsi cet *erratum* jusqu'à un certain point. »

Vous remarquerez ici que Franklin, tout en songeant sérieusement à ne plus faire de *fautes d'impression*, ne dédaigne pas de revenir sur les fautes faites, et de les réparer de son mieux. L'*erratum* du dépôt corrigé ; — restent l'*erratum* de miss Read et l'*erratum* de son frère James. — Franklin le sait et ne l'oublie pas.

J'aurais dû vous parler plus tôt d'une invention au moyen de laquelle Franklin, même avant l'arrivée de sa presse, s'était préparé des ressources à la fois pour son intelligence et pour son établissement; le tout concilié du mieux possible, avec les intérêts de ses amis et même de la ville entière. Isolé de sa famille, il avait dû, plus que tout autre, sentir le besoin d'association.

« Je réunis, dit-il, la plupart des gens instruits de ma connaissance en un club dont le but était de nous éclairer mutuellement. Nous le nom-

mions la *Junte* et nous nous assemblions les
vendredis soir. Le réglement que je rédigeai
prescrivait à chaque membre de proposer à son
tour une ou plusieurs questions sur quelque
point de morale, de politique ou de sciences
naturelles, pour en faire l'objet de la discussion
de la société, et de lire une fois tous les trois
mois un essai de sa composition sur tel sujet
que bon lui semblerait. Nos discussions devaient
avoir lieu sous la direction d'un président et être
conduites dans un véritable esprit de recherche
et de vérité, sans amour de controverse et sans
ambitionner de triomphes. Pour empêcher qu'on
ne s'échauffât, toute expression dogmatique (1),
toute contradiction directe, furent, au bout de

(1) Franklin dit ailleurs : « Je voudrais que les
hommes sensés et ayant de bonnes vues *ne diminuas-
sent pas les moyens qu'ils ont de faire le bien*, en prenant
un ton décisif et tranchant qui manque rarement de
déplaire, qui tend à éveiller l'opposition et nous empê-
che d'atteindre la fin pour laquelle la parole nous a été
donnée. *Si vous désirez instruire les autres*, — le ton
positif et dogmatique fera naître l'envie de vous con-
tredire et empêchera qu'on ne vous écoute avec confiance. *Si vous cherchez à vous instruire vous-mêmes*, —
il ne faut pas en même temps vous donner comme
définitivement arrêté à votre opinion actuelle; les gens
modérés e. de bon sens, qui n'aiment pas les querelles,
vous laisseraient dans votre erreur sans vous y troubler. »

quelque temps, déclarées marchandise de con-
trebande et prohibée sous peine de quelques
légères amendes. »

Rien ne peint mieux les préoccupations cons-
tantes de Franklin que les *vingt-quatre demandes* par la lecture desquelles devait s'ouvrir
chaque séance de la *Junte :* vous les trouverez à
la fin de ce volume. — Parmi les premiers membres du club, nous trouvons un copiste expédi-
tionnaire de moyen âge, un vitrier et un cor-
donnier mathématiciens, un arpenteur-vérifica-
teur, un menuisier, excellent mécanicien, quatre
ouvriers imprimeurs, un jeune homme de riche
famille, Robert Grace, et un commis de négociant, William Coleman. Franklin dit de ce dernier que leur amitié dura jusqu'à sa mort,
pendant plus de quarante ans, et que l'existence du club se prolongea presque aussi longtemps.

« Ce fut, ajoute-t-il, la meilleure école de
sciences, de morale et de politique qui existât
dans la province. Car nos *Questions* qui étaient
lues huit jours avant l'ouverture de la discussion, nous forçaient de lire avec attention les
ouvrages qui s'y rapportaient, afin de nous
mettre en état d'en mieux parler. Nous y acqué-
rions aussi de meilleures habitudes de conversation, tout étant calculé pour empêcher que nous
pussions nous blesser les uns les autres. — J'y

trouvais aussi mon intérêt; car chacun des sociétaires s'évertuait pour nous procurer de l'ouvrage. »

L'associé de Franklin, accoutumé à la vie des champs, et malheureusement entaché toujours de certaines habitudes dont Franklin avait été chargé de le guérir, se trouve hors d'état de payer les avances d'argent convenues, et propose à Franklin de lui céder l'établissement entier, charges et profits. Deux amis, Robert Grace et William Coleman (laissons parler Franklin), « deux véritables amis dont, dit-il, je n'ai jamais oublié le bon office, que je me rappellerai toujours tant que ma mémoire conservera un souvenir, vinrent me trouver séparément, et chacun d'eux, sans que je leur eusse rien demandé, m'offrit de m'avancer tout l'argent qui pourrait m'être necessaire, pour que l'entreprise n'appartînt plus qu'à moi seul. Ne voulant pas donner à l'un une préférence peu obligeante pour l'autre, j'empruntai de chacun la moitié de la somme qu'ils m'avaient offerte et dont j'avais besoin, et continuai les affaires en mon nom seul. »

Une brochure *Sur l'utilité du papier-monnaie* lui valut, vers le même temps, de la part de la Chambre, l'impression des billets à émettre. « C'était, dit-il, une affaire importante pour moi. Il ajoute : « *Ce fut encore à mes efforts pour apprendre à écrire que je dus cette bonne for-tune.* » — Des relations dues également à ses efforts littéraires, lui procurèrent aussi l'impressions des billets de New-Castle et des lois et résolutions de ce gouvernement.

« J'ouvris alors une petite boutique de papeterie, continua-t-il ; j'y tenais des lettres et pièces de toutes sortes à remplir à la main. C'étaient les plus correctes que l'on eût encore vues dans le pays. Je vendais aussi du papier, du parchemin, des registres, etc. Je commençai à me libérer graduellement des dettes que j'avais contractées pour mon imprimerie. — Afin d'assurer mon crédit et ma réputation de commerçant, je prenais soin, non-seulement d'être en réalité *laborieux* et *économe*, mais aussi d'éviter toute apparence contraire. Mes vêtements étaient simples, et jamais on ne me voyait dans les lieux de réunion des oisifs ; je ne faisais ni parties de pêche ni parties de chasse ; la lecture avait seule le privilége de me distraire de mon ouvrage, encore était-ce rarement, sans que le public fût dans la confidence et pût s'en scandaliser. » Franklin convient qu'il y mettait même un peu de charlatanisme : « Pour montrer, dit-il, que j'étais à mes affaires, j'amenais quelquefois sur une brouette, à travers les rues, le papier que j'allais acheter dans les magasins. » — La conclusion, il n'est que faire de la rapporter.

Une dette restait, plus criante que toutes les autres : Franklin parvint à l'acquitter de même.

« J'avais continué, dit-il, à entretenir une liaison amicale de voisinage avec les parents de miss Read qui m'avaient toujours accueilli avec égard depuis le premier instant où j'avais logé chez eux. Ils m'invitaient souvent à les aller voir, me consultaient sur leurs affaires pour lesquelles je leur rendais parfois des services. J'étais touché de la malheureuse situation de la pauvre miss Read. Presque toujours abattue, elle retrouvait rarement sa gaîté et fuyait le monde. Je regardais mon inconstance et ma légèreté pendant mon séjour à Londres comme la principale cause de son malheur, bien que sa mère fût assez bonne pour se charger elle-même de cette faute. Notre ancienne affection se ranima, mais il y avait de grands obstacles à notre union... Nous nous aventurâmes à passer par-dessus toutes les difficultés, et je l'épousai le 1er septembre 1730. Aucun des inconvénients que j'avais crains (soit le retour du premier mari, soit les réclamations de ses créanciers) n'arriva. Elle fut pour moi une bonne et fidèle compagne, et m'aida beaucoup en tenant la boutique. Nous prospérâmes ensemble et fîmes toujours tous nos efforts pour nous rendre mutuellement heureux. Ce fut ainsi que je corrigeai ce grand *erratum*, du mieux qu'il me fut possible. »

Franklin ajoute plus loin : « Nous avons un proverbe anglais qui dit : *Voulez-vous réussir ? consultez votre femme.* — Il fut heureux pour moi d'en avoir une disposée autant que moi au *travail* et à l'*économie*. Elle m'aidait de tout son pouvoir dans mon commerce, pliait et cousait mes pamphlets, arrangeait la boutique, achetait de vieux chiffons pour les revendre aux fabricants de papier, etc. Nous n'avions pas de domestiques fainéants ; notre table était simple, notre mobilier de très-peu de prix. Par exemple, mon déjeuner se composa longtemps de pain et de lait sans thé, que je prenais dans une écuelle de terre de deux sous, avec une cuillère d'étain. Mais voyez comme le luxe s'introduit dans les familles et y fait des progrès en dépit des principes ! Un matin, quand ma femme m'appela pour mon déjeuner, je le trouvai servi dans une tasse de porcelaine avec une cuillère d'argent ! Ma femme m'avait fait cette emplète à mon insu, au prix énorme de vingt-trois schillings, dépense qu'elle ne put excuser qu'en disant qu'elle pensait que son mari méritait une cuillère d'argent et une tasse de porcelaine tout aussi bien qu'aucun de ses voisins. Ce fut la première fois que l'argenterie et la porcelaine parurent dans notre maison. »

La Junte ne se tenant plus dans une taverne, mais dans une chambre louée à cet effet, Fran-

klin proposa à ses amis d'y réunir leurs livres
et d'y établir une sorte de bibliothèque commune. Cette proposition lui en suggéra bientôt
une autre.

« Ce fut alors, dit-il, que je réalisai mon *premier projet d'utilité publique*, celui d'une
BIBLIOTHÈQUE PAR SOUSCRIPTION..... Il y avait
alors si peu de lecteurs à Philadelphie, et nous
étions pour la plupart si pauvres que, malgré
toutes mes peines (1), il me fut impossible de
trouver plus de cinquante personnes, presque
toutes parmi les jeunes commerçants, qui con-
sentissent à payer d'abord quarante shillings
comptant, puis une cote annuelle de dix shillings. Ce fut avec ce petit fonds que nous com-
mençâmes. Les livres furent importés d'Angleterre ; la bibliothèque fut ouverte un jour par
semaine pour le prêt aux souscripteurs, contre
leur obligation de payer le double de la valeur
en cas d'avarie. — L'utilité de cet établissement
se fit bientôt sentir ; il fut imité par d'autres

(1) « Les objections et refus que j'essuyai en sollici-
tant des souscriptions me firent sentir l'inconvénient
de se présenter comme l'auteur d'un projet utile ; je
pris donc le parti de donner mon plan pour l'ouvrage
de *plusieurs amis;* mon affaire marcha d'elle-même,
grâce à cette petite précaution. Le succès dont elle fut
suivie en cette occasion et en plusieurs autres, m'au-
torise à en recommander l'usage. »

villes et en d'autres provinces (1). Les biblio-
thèques s'accrurent par des donations particulières ; la lecture devint à la mode ; notre peuple,
n'ayant pas sous la rigidité des habitudes calvi-
nistes, de divertissements publics, fit mieux
connaissance avec les livres, et, au bout de quelques années, les étrangers reconnurent en lui
plus d'instruction et d'intelligence que n'en ont
généralement les mêmes classes dans les autres
pays. »

Franklin ajoute : « Cette bibliothèque me
fournit les moyens d'augmenter mes connaissances par une étude constante à laquelle je
consacrai une heure ou deux par jour, et un
jour entier par semaine ; je réparai ainsi, jusqu'à
un certain point, l'absence de l'éducation scientifique que mon père avait voulu me donner. La
lecture était le seul amusement que je me per-
misse. Je ne dissipais pas mon temps dans les
tavernes, à des jeux et folies d'aucune espèce ;
et je continuai de consacrer à mon état les soins
infatigables qu'il exigeait. J'étais encore en
dette pour mon imprimerie ; j'avais une petite
famille *à l'éducation de laquelle il allait devenir
urgent de penser*, et j'avais à disputer le terrain

(1) Franklin dit ailleurs : « notre *bibliothèque par
souscription* fut la mère de toutes celles qui existent
dans l'Amérique du Nord, et qui sont si nombreuses. »

à deux rivaux établis dans la ville avant moi.
—Toutefois, j'acquérais tous les jours plus d'aisance. »

J'ai laissé parler Franklin sans l'interrompre.
C'est plaisir, n'est-il pas vrai, de voir s'augmenter peu à peu les moyens dont ce jeune homme
dispose, et par lesquels il aspire à servir ses
semblables? Du reste, en nous racontant comment « de la condition pauvre et obscure où il
est né, et dans laquelle se sont passées ses premières années, il s'est élevé, par lui-même, à
un état d'opulence et de célébrité » — il ne songe
pas le moins du monde à passer pour magicien
ou sorcier ; il ne veut pas nous frapper d'une
stupéfaction stérile ; il n'a fait, il le sait bien, que
ce qui était faisable : si haut qu'il soit monté, il
n'est pas monté sans échelle. L'échelle, il se
fait un devoir de la remettre en place et de la
remonter tout doucement avec nous : aimant
bien mieux nous surprendre un peu moins et
nous instruire un peu plus. — Pour cet ami des
hommes, nous ne sommes pas des étrangers.

C'est au milieu de ces exercices persévérants,
c'est du sentiment de cette aisance croissante et
de cette progression intellectuelle que sortit « le
difficile et hardi projet, qu'il conçut en ce temps,
d'arriver à une PERFECTION MORALE. »

« Je désirais vivre, dit-il, sans commettre
aucune faute en aucun temps, et vaincre toutes

celles vers lesquelles un penchant naturel, l'habitude où la société pouvait m'entraîner. » Il s'aperçut bientôt qu'il fallait « rompre les mauvaises habitudes, en acquérir de bonnes et s'y affermir, *avant* de pouvoir compter sur une rectitude de conduite uniforme et inébranlable. »

Il vit ensuite que, dans cette pénible tâche, il ne fallait pas attaquer tous ses ennemis à la fois, mais les combattre individuellement et se défaire tout à fait de l'un avant que de passer à l'autre.

— Voici maintenant comment il conduisit cette sérieuse guerre :

Il dressa, pour son usage, la liste suivante des *vertus* à acquérir, avec leurs préceptes.

1. TEMPÉRANCE. Ne mange pas jusqu'à t'alourdir ; ne bois pas jusqu'à t'étourdir.

2. SILENCE. Ne dis que ce qui peut servir aux autres et à toi. Evite les conversations oiseuses.

3. ORDRE. Que chaque chose ait chez toi sa place ; et chaque occupation, son temps.

4. RÉSOLUTION. Prends la résolution de faire ce que tu dois, et fais, sans manquer, tout ce que tu as résolu.

5. ÉCONOMIE. Ne dépense que pour le plaisir des autres ou pour le tien, c'est-à-dire ne dissipe rien.

6. TRAVAIL. Ne perds pas de temps ; occupe-toi toujours à quelque chose d'utile. Abstiens-toi de toute action qui n'est pas nécessaire.

7. SINCÉRITÉ. N'use d'aucun méchant détour ; pense avec innocence et justice ; parle comme tu penses.

8. JUSTICE. Ne nuis à personne, soit en lui faisant du tort, soit en négligeant de lui faire le bien auquel ton devoir t'oblige.

9. MODÉRATION. Evite les extrêmes. Garde-toi de ressentir les torts aussi vivement qu'ils te semblent le mériter.

10. PROPRETÉ. Ne souffre aucune malpropreté ni sur ton corps, ni sur tes vêtements, ni dans ta maison.

11. TRANQUILLITÉ. Ne te laisse pas troubler par des bagatelles ni par des accidents ordinaires ou inévitables.

12. CHASTETÉ. Ne compromets jamais ta conscience, ta paix, ta réputation, ni celle des autres.

13. HUMILITÉ. Imite JÉSUS et SOCRATE.

L'ordre selon lequel il devait procéder à l'acquisition successive de ces *treize vertus* ne lui avait pas paru indifférent.

« Je plaçai, dit-il, la TEMPÉRANCE la première, parce qu'elle tend à maintenir la tête froide et les idées nettes, ce qui est nécessaire quand il faut *toujours veiller*, toujours être en garde pour combattre l'attrait des anciennes habitudes et la force des tentations qui se succèdent sans cesse. Cette vertu, une fois obtenue et affermie, le SILENCE devenait plus facile ; mon désir était d'acquérir des connaissances en même temps que je m'avancerais dans la pratique de la vertu : considérant donc que l'on s'instruit davantage dans la conversation par le secours des oreilles que par celui de la langue; souhaitant d'ailleurs rompre l'habitude que j'avais prise, de babiller et de faire des pointes, ce qui ne rendait ma société agréable qu'aux gens superficiels, — je donnais la seconde place au SILENCE. J'espérai que, joint à l'ORDRE qui vient après, il me laisserait plus de temps pour suivre mon plan et mes études. La RÉSOLUTION devenant habituelle en moi, me donnerait la persévérance nécessaire pour acquérir les autres vertus. L'ÉCONOMIE et le TRAVAIL, en me libérant de ce qui me restait de dettes, et en me procurant l'aisance et l'indépendance, me rendraient plus facile la pratique de la SINCÉRITÉ et de la JUSTICE.

« Concevant alors que (suivant l'avis donné par Pythagore dans ses *Vers dorés*) un EXAMEN JOURNALIER me serait nécessaire, j'imaginai la méthode suivante pour y procéder.

« Je fis un petit livre de treize pages, portant chacune en tête le nom de l'une de mes treize vertus. Je réglai chaque page en encre rouge, de manière à y établir sept colonnes (une pour chaque jour de la semaine). Je traçai ensuite treize lignes transversales, ayant chacune. au commencement, le nom d'une vertu. Sur cette ligne et à la colonne du jour, je faisais, le soir, une petite marque d'encre pour noter les contraventions que, d'après mon examen, je reconnaissais avoir commises contre tel ou tel précepte. »

Voici du reste un spécimen de ces pages, représentant la première.

TEMPÉRANCE : *Ne mange pas jusqu'à l'alourdir, ne bois pas jusqu'à t'étourdir.*

	DIMANCHE.	LUNDI.	MARDI.	MERCREDI.	JEUDI.	VENDREDI.	SAMEDI.
TEMPÉRANCE.							
SILENCE.	*	*			*	*	
ORDRE.	*	*				*	*
RÉSOLUTION.		*				*	
ÉCONOMIE.		*					
TRAVAIL.			*				
SINCÉRITÉ.							
JUSTICE.							
MODÉRATION.							
PROPRETÉ.							
TRANQUILLITÉ.							
CHASTETÉ.							
HUMILITÉ.							

« Je résolus, continue Franklin, de donner une semaine d'attention sérieuse à chacune de ces vertus successivement. Ainsi, pendant la *première semaine*, mon plus grand soin fut d'éviter la plus légère faute contre la TEMPÉRANCE, laissant les autres vertus courir leur chance ordinaire, mais marquant chaque soir les fautes de la journée. Si, dans la première semaine, je pouvais conserver ma première ligne pure de toute marque, je me croyais assez fortifié dans la pratique de ma première vertu, et assez dégagé de l'influence du défaut opposé, pour me hasarder à porter mon attention sur la seconde et tâcher de maintenir deux lignes exemptes de toute marque. Procédant ainsi jusqu'à la dernière vertu, je pouvais faire un *cours* complet en treize semaines, et le recommencer quatre fois par an. »

La petite prière suivante était écrite en tête de ces tables d'examen :

« O bonté toute-puissante ! Père indulgent ! » Guide miséricordieux ! augmente en moi cette » sagesse qui peut découvrir mes véritables » intérêts ; affermis-moi dans la résolution d'en » suivre les conseils. Reçois les services que je » puis rendre à tes autres enfants comme la » seule marque de reconnaissance qu'il me soit » possible de te donner pour les faveurs que tu » m'accordes sans cesse. »

Une page contenait la répartition suivante des vingt-quatre heures de chaque jour.

	Heures.	
Matin.		Me lever, me laver, m'adresser à la *Bonté divine*,
Question : QUEL BIEN	5	régler les affaires du jour,
FERAI-JE AUJOURD'HUI ?	6	en tracer le plan, m'occuper de mes études présentes ; déjeuner.
	7	
	8	
	9	Travail.
	10	
	11	
Midi.	12	Lire, examiner mes
	1	comptes, dîner
Après-midi.	2	
	3	Travail.
	4	
	5	
Soir.	6	Mettre toute chose en
Question : QUEL BIEN	7	place et souper. Musique,
AI-JE FAIT AUJOURD'HUI ?	8	amusement, conversation.
	9	EXAMEN DE LA JOURNÉE.
	10	
	11	
	12	
Nuit.	1	Dormir.
	2	
	3	
	4	

« Je me mis, continue Franklin, à exécuter ce plan journalier, et je le suivis sauf quelques interruptions de temps à autre. Je fus surpris de me trouver beaucoup plus de défauts que je ne l'avais imaginé ; mais j'eus la satisfaction d'en voir diminuer le nombre..... Après un certain temps je ne fis plus qu'un *cours* dans l'année, et ensuite un seul cours en plusieurs années. Enfin j'y renonçai entièrement lorsque les voyages et des affaires multipliées m'eurent ôté la disposition de mon temps ; *mais je portai toujours mon livret avec moi.....*

» Quelque chose qui prétendait être la raison me suggérait quelquefois que cette extrême exactitude que j'exigeais de moi, pouvait bien être une sorte de niaiserie morale, qui aurait fait rire à mes dépens si elle eût été connue ; et qu'un homme qui veut le bien doit se permettre à lui-même quelques légers défauts, afin de mettre ses amis à leur aise... Dans le vrai, je me trouvai incorrigible sur l'article de l'ORDRE, etc... Au total, bien que je ne sois jamais arrivé à la perfection que j'étais si ambitieux d'atteindre, et que j'en sois resté bien loin, mes efforts m'ont cependant rendu *meilleur et plus heureux* que je ne l'aurais été sans cela.

» Il peut être utile que mes descendants sachent que c'est à ce petit expédient qu'un de leurs ancêtres (aidé de la grâce de Dieu) a dû

le *bonheur constant* de toute sa vie, jusqu'à sa
soixante-dix-neuvième année, dans laquelle il
écrit ceci... Il attribue à la *tempérance* sa longue
santé et ce qui lui reste encore d'une bonne
constitution ; — au *travail* et à l'*économie*, l'aisance qu'il a acquise de bonne heure, la fortune
dont elle a été suivie, et toutes les connaissances
qui l'ont mis en état d'être un citoyen utile et
lui ont obtenu un certain degré de réputation
parmi les savants ; — à la *sincérité* et à la *justice*,
la confiance de son pays et les emplois honora-
bles dont on l'a revêtu ; — enfin à l'influence
réunie de toutes ces bonnes habitudes, même
dans l'état d'imperfection où il a pu les acquérir,
cette égalité d'humeur et cette gaîté dans la
conversation, qui font encore rechercher sa compagnie et la rendent agréable même aux jeunes
gens. J'espère donc que quelques-uns de mes
descendants voudront essayer de quelque exercice pareil et s'en trouveront bien. »

J'ai déjà dit que Franklin n'avait pu éprouver
le salutaire effet de ces modestes exercices, sans
songer aussitôt à en étendre le bienfait à ses
semblables. En publiant son secret, il se propo-
sait d'écrire un petit commentaire sur chaque
vertu, montrant les *avantages* qui l'accompa-
gnent constamment et les *maux* constamment
attachés au vice contraire. « Ne considérant
que la nature de l'homme, j'aurais établi, dit-il,

que celui qui désire être heureux, même en ce monde, a tout intérêt à être vertueux. »

Dans le même temps, un moraliste français écrivait ces mots, en parlant de SOCRATE : « Si l'emploi de ses moments nous était plus connu, peut-être nous démontrerait-il, mieux qu'aucun raisonnement, que, pour notre bonheur dans ce monde, nous n'avons rien de mieux à faire que de pratiquer la vertu : thèse importante qui comprend toute la morale et qui n'a point été prouvée. » — Cette thèse était justement celle que Franklin voulait soutenir. — Tous les arguments qu'il eût rassemblés pour cette démonstration n'auraient jamais valu, pensez-vous, ceux que contient sa propre histoire.

Un autre projet du même temps atteste la ferveur de ses convictions : il ne s'agissait de rien moins que d'enrôler et d'associer les amis du bien public sous une profession de foi dont voici les deux principaux articles : « Le culte le plus agréable à Dieu est de faire du bien aux hommes. » — « Il est certain que la vertu sera récompensée et le vice puni dans ce monde ou dans l'autre; » de soumettre les associés à l'*exercice des treize semaines* et de fonder enfin (après tant de partis formés et dissous par l'égoïsme) *un parti uni pour la vertu;* d'organiser les hommes vertueux et bons de tous les pays en un corps régulier qui se gouvernât par un ensemble de règles bonnes et sages ; tous les membres s'engageant à s'aider les uns les autres par tous les moyens possibles, dans leurs intérêts, leurs affaires, leur avancement dans le monde. « L'état de ma fortune, alors très-bornée, et la nécessité où j'étais de me consacrer tout entier à mes affaires, me forcèrent, dit Franklin, à reculer sans cesse l'exécution de ce projet..... *Cependant je persiste à croire que c'était là un projet praticable...* J'ai toujours pensé qu'*un seul homme*, avec des moyens passables, *peut opérer de grands changements* et mettre à fin des choses importantes : — si d'abord il forme un bon plan ; — puis, si, renonçant à toute distraction, il fait de l'exécution de ce plan son unique affaire. »

C'est en 1732 que Franklin commença la publication de son *Almanach du bonhomme Richard ;* publication continuée pendant vingt-cinq ans avec un immense succès. « Je le considérai, dit-il, comme un véhicule très-propre à répandre l'instruction parmi le peuple qui achetait rarement d'autres livres. Je remplis donc tous les petits espaces qui se trouvaient entre les jours remarquables du calendrier par des sentences proverbiales, de celles surtout qui pouvaient inspirer l'amour du *travail* et de l'*économie*, comme moyens d'arriver à la fortune, et, *par conséquent*, d'affermir la vertu.

C'est de ces proverbes (réunis sous quatre chefs :
1° *Activité dans le travail* ; 2° *Attention et soin
continu à ses affaires ;* 3° *Economie ;* 4° *Conso-
lations et secours aux malheureux*) qu'il forma,
en tête de son Almanach de 1757, ce célèbre
discours du père Abraham, si connu sous le nom
de SCIENCE DU BONHOMME RICHARD. « La réunion
en un seul foyer de tous ces préceptes épars, les
mit en état de produire une impression plus
vive. Ce morceau fut copié dans tous les journaux du continent américain, et réimprimé en
Angleterre sous forme d'affiche. On en fit deux
traductions en France ; les curés et les seigneurs
en distribuèrent un grand nombre à leurs parois-
siens et à leurs paysans. » — Il n'est pas, que
je sache, de paresse, d'étourderie, de prodiga-
lité qui puisse tenir, sans chanceler, sous le
coup des proverbes d'Abraham. On est, il est
vrai, porté à regretter que le quatrième article
soit si court ; mais il est assez long pour le
lecteur qui aura mis à profit les trois premiers.
Cet article reçoit en outre plus de développement
ailleurs, notamment dans les exemples que
Franklin nous lègue.

Franklin, dont je suis les *Mémoires* pas à pas,
nous fait observer, en passant, que son journal,
ouvert à de modestes réimpressions du *Spectateur* ou de toute autre critique générale, fut
constamment fermé aux personnalités. « Je

bannissais avec soin de mes feuilles, nous dit-il,
toute diffamation, toute satire personnelle, abus
qui, dans ces dernières années, a si honteuse-
ment affligé notre pays. Quand on m'alléguait
qu'un journal est une diligence dans laquelle
tous ceux qui veulent payer ont droit de prendre
place, — ma réponse était que j'étais prêt à imprimer séparément l'article proposé, que l'auteur en pourrait avoir autant d'exemplaires qu'il
voudrait pour les distribuer lui-même ; mais que
je ne prendrais pas sur moi de répandre ses
calomnies qu'ayant pris à l'égard de mes abonnés l'engagement de leur donner des choses
utiles ou amusantes, je ne pouvais, sans une
injustice manifeste, remplir leur feuilles d'alter-
cations qui leur étaient étrangères. Je fais ces
observations, ajoute-t-il, pour les jeunes imprimeurs, afin qu'ils se gardent de jamais souiller
leurs presses et déshonorer leur profession en se
prêtant à de telles infamies, et qu'ils s'y refusent
avec fermeté. — Ils peuvent voir, par mon
exemple, qu'après tout, une telle conduite ne
nuira pas à leurs intérêts. »

En effet, dès 1733, à l'âge de vingt-sept ans,
nous le voyons en état d'établir ailleurs (1) un
de ses ouvriers, ce qu'il fait souvent par la suite :
lui fournissant une presse et des caractères,

(1) A Charlestown, dans la Caroline du Sud.

supportant le tiers des dépenses, et touchant le tiers des bénéfices » (1).

C'est de 1733 aussi qu'il date ses études de langues étrangères.

« J'appris, dit-il, tout seul, en peu de temps, le français, assez bien pour pouvoir lire aisément les livres écrits en cette langue. — Je passai alors à l'italien. Un de mes amis qui l'apprenait aussi, venait souvent me tenter en me proposant une partie d'échecs. Ce jeu me prenant le temps que je destinais à l'étude, je finis par y renoncer, à moins que le vainqueur n'eût le droit d'imposer une tâche au vaincu : soit un certain nombre de pages de grammaire, soit une traduction, et que le vaincu ne s'engageât d'honneur à remplir cette tâche avant la partie prochaine. Comme nous étions de même force, ce fut à coups d'*échec et mat* que nous nous fîmes entrer l'italien dans la tête. — Avec un peu de peine, j'appris ensuite l'espagnol, assez pour le lire. — J'avais fait, comme je l'ai déjà dit, un an de latin, étant fort jeune, et depuis, je l'avais entièrement négligé. Mais quand j'eus fait con-

(1) « Plusieurs d'entre eux prospérèrent, dit Franklin en parlant des ouvriers qu'il avait établis, et furent en état, au bout de six années, terme de notre Société, de m'acheter leur imprimerie et de travailler à leur compte seuls,— ce qui procura l'établissement de plusieurs familles. »

naissance avec le français, l'italien et l'espagnol,
je fus tout surpris, en prenant un Nouveau-
Testament latin, de voir que je savais plus de
latin que je ne croyais, ce qui m'encouragea à
en reprendre l'étude ; je trouvai cette langue
d'autant plus facile que les trois autres langues
m'avaient aplani la voie.

« Cette expérience m'a fait penser qu'il y a
quelque inconséquence dans notre enseignement
ordinaire des langues. On nous dit qu'il convient
de commencer par le latin, et que le latin appris,
il nous sera plus facile d'apprendre les langues
modernes qui en dérivent ; et, cependant, nous
ne commençons pas par le grec, afin qu'il nous
fasse arriver plus facilement au latin... Je voudrais que ceux qui dirigent l'éducation de la jeunesse fissent à ce sujet de mûres réflexions. »

Un voyage à Boston (le premier depuis dix
ans) lui permet de se réconcilier enfin avec son
frère. « Je passai, dit-il, par New-Port, où mon
frère James avait transporté son imprimerie.
Nos anciens différends étaient oubliés, et notre
entrevue fut cordiale et affectueuse. Sa santé
déclinait rapidement. Il me témoigna le désir
qu'avant sa mort, qu'il ne croyait pas éloignée,
je prisse chez moi son fils, alors âgé de dix ans,
pour lui apprendre l'état d'imprimeur ; ce que je
fis par la suite, après l'avoir auparavant envoyé
quelques années dans une école. La mère conti-

nua les affaires jusqu'à ce que le fils fût en état de s'en charger, et alors j'aidai à son établisse- en lui donnant un assortiment de caractères neufs, ceux de l'imprimerie de son père étant presque entièrement usés. — Ce fut ainsi que je *dédommageai* amplement mon frère du tort que j'avais pu lui faire en le quittant de si bonne heure. »

La voie était préparée. En 1736, à trente ans, Franklin, pour son *premier pas dans les affaires publiques*, est nommé secrétaire de l'Assemblée générale de Pensylvanie, nomination qui, par parenthèse, ne lui donnait pas de voix dans les délibérations. L'année suivante, il est appelé aux fonctions de délégué de maître général des postes.

Il entreprend, de son autorité privée, de doter sa patrie adoptive des améliorations qu'il lui souhaite, et commence fort judicieusement par s'occuper d'objets d'un ordre inférieur. « La police de la ville, dit-il, fut une des premières choses qui me parut avoir besoin d'être réglée. » Il s'agissait d'organiser une *garde de nuit*, constamment chargée de ce service, lequel devait se faire par les habitants et se faisait par des *remplaçants* ivres.

Avant de voir ce modeste projet gagner sa cause, remarquez un peu comment son auteur s'y prend pour ne pas le compromettre.

« J'écrivis, dit-il, sur cet abus quelques observations que je lus à la *Junte*, insistant surtout sur l'*inégalité de la taxe du remplacement :* une pauvre veuve, dont les propriétés n'excédaient pas cinquante livres, payant ses six shillings comme le plus riche marchand. » — La proposition d'une taxe spéciale proportionnée aux propriétés, ayant été approuvée à la *Junte*, fut communiquée aux autres clubs (1), mais comme si elle eût pris naissance en chacun d'eux. » Franklin ajoute : « Quoique ce plan n'ait pas été mis immédiatement à exécution, cependant *en préparant les esprits à un changement, il a aplani les voies* pour la loi qui fut rendue quelques années après, *quand les membres de nos clubs eurent acquis plus d'influence.* »

(1) Le nombre des membres de la *Junte* ayant été limité, chaque membre avait été invité à former un *club* secondaire, sans informer ceux qui le composeraient de ses liaisons avec la Junte. Voici, selon Franklin, les avantages de cette mesure : « former un plus grand nombre de jeunes citoyens; mieux connaître, en toute occasion, l'opinion générale; pourvoir aux intérêts particuliers des sociétaires; augmenter leur influence sur les affaires publiques et leurs moyens de faire du bien. »

Autre projet, même conduite : lecture à la *Junte*, puis publication d'un *Essai sur les incendies*, avec indication des moyens à prendre pour les prévenir ou les arrêter. « On en parla, dit Franklin, comme d'un écrit utile, puis bientôt une *Compagnie* se forma (non pas *d'assurance*) mais de précautions et de secours contre les incendies. « Nos réglements, écrit Franklin, obligeaient chacun des sociétaires à tenir toujours en état de service un certain nombre de seaux en cuir, de paniers, etc., et à les diriger sur chaque incendie (1)... L'utilité de cette institution fut bientôt sentie. De nouvelles compagnies se formèrent et devinrent si nombreuses qu'elles comprirent tous les habitants de la ville qui étaient propriétaires. » Franklin ajoute : « Celle que je formai la première, appelée la Compagnie de l'*Union contre l'incendie*, existe

(1) Une soirée par mois était consacrée à recueillir les propositions relatives à ce sujet. « Les amendes que payaient les absents étaient employées à l'achat de *pompes*, d'*échelles*, de *crochets* et autres outils nécessaires à chaque *compagnie*; si bien, dit Franklin qui retrouve en parlant de ce vieux projet toute la chaleur de l'invention, si bien qu'il n'est peut-être pas dans tout l'univers une ville mieux pourvue des moyens d'arrêter un incendie. Dans le fait, depuis cette institution, le feu n'a jamais détruit à Philadelphie plus d'une ou deux maisons à la fois, et bien souvent il a été éteint tout d'abord. »

encore au moment où j'écris, après cinquante
ans d'établissement. »

———

Vous voyez déjà, par ces deux exemples,
comme tout devient instrument du bien public
entre des mains habiles. Tous ces préparatifs,
littéraires et autres, qui semblaient n'avoir tout
à l'heure qu'un intérêt individuel, une destina-
tion privée, se trouvent être à présent autant de
précieux secours pour la fondation ou la con-
solidation des plus importantes institutions
urbaines, provinciales, nationales. Vous avez vu
quel parti Franklin a su tirer pour lui-même de
ses essais phraséologiques sur le *Spectateur* de
son *Journal*, de son *Almanach*, de sa *Junte*, de sa
Bibliothèque par souscription, et surtout de sa
réputation de droiture de sentiment et de conduite. — Il vous reste à voir le parti qu'il va
tirer de tout cela pour son pays.

———

Je vous ai cité deux projets pour la sûreté
publique : l'un contre les vols nocturnes, l'autre
contre les incendies ; en voici maintenant un
trsisième : contre les incursions des Indiens de
la frontière, alliés des Français pendant la guerre

6

faite par la France et l'Espagne à l'Angleterre. Je
laisse parler Franklin :

« Notre gouverneur ayant inutilement fait de
longs et pénibles efforts pour déterminer à la
défense notre assemblée de Quakers, je résolus
d'essayer ce que l'on pourrait obtenir par un
*engagement volontaire. Pour y disposer les
esprits*, je commençai par écrire et publier un
pamphlet que j'intitulai SIMPLE VÉRITÉ. J'y mis
dans le plus grand jour notre position déplora-
ble..., et je promis de proposer, au bout de quelques jours à la signature de tous les habitants,
une association à ce sujet. — Cet écrit produisit
un effet aussi subit que surprenant. On vint me
presser de dresser l'acte d'association ; l'ayant
rédigé de concert avec quelques amis, je convo-
quai une réunion générale des citoyens dans le
Temple-Commun. L'assemblée fut très-nom-
breuse. J'avais fait préparer un certain nombre
d'exemplaires de l'acte imprimés, et fait placer
de l'encre et des plumes en divers endroits de la
salle. Je fis un petit discours sur la circonstance; je lus ensuite l'acte : j'y ajoutai quelques
explications, et en distribuai les exemplaires qui
furent signés avec empressement sans la moindre
objection. La séance levée et les exemplaires
recueillis, nous les trouvâmes revêtus de plus
de douze cents signatures ; d'autres exemplaires
étant répandus dans le pays, les signatures

finirent par monter à plus de *dix mille*. Tous les signataires se munirent d'armes dans le plus court délai, se formèrent en compagnies et en régiments, nommèrent leurs officiers, etc. » — Franklin fut choisi pour colonel, mais refusa ce grade.

» Mon activité dans ces diverses opérations, ajoute-t-il, fut agréable au Gouverneur et au Conseil ; ils m'accordèrent leur confiance. » Cela se passait en 1744.

« J'avais, dit Franklin, bien des raisons pour m'applaudir de m'être établi en Pensylvanie (1) ; cependant il y avait bien des choses que je regrettais de n'y pas trouver : nul moyen de défense, rien pour une éducation complète de la jeunesse : point de milice, point de collége. »

Vous avez vu comment Franklin vient de créer une milice ; restait le collége (2). Il en avait déjà proposé l'établissement en 1743 ; mais n'ayant pu le faire goûter au seul homme qui lui parût digne d'en prendre la direction, il n'avait trouvé rien de mieux à faire que de

---

(1) Pour bien saisir les différences qu'il trouvait entre Boston et Philadelphie, il faut savoir quelles différences séparent les *Amis* des *Presbytériens*.

(2) Ce mot ne doit pas nous faire croire que Franklin voulût établir en Pensylvanie quelque chose de pareil à ce qui existait sous ce nom en France ou en Angleterre.

laisser dormir son projet. — Il fut plus heureux
en 1744, dans l'établissement d'une *Société philosophique.* Un seul pamphlet lui suffit pour
cela.

La paix faite, il jugea le moment favorable
pour relever son projet d'instruction publique.
Il s'agit ici d'une entreprise dans laquelle plusieurs générations sont intéressées. Laissons
Franklin la raconter lui-même. « Mon premier
soin, dit-il, fut de m'associer un certain nombre
d'amis actifs, dont la *Junte* me fournit une
bonne partie. Mon second, fut d'écrire une brochure intitulée : PROPOSITIONS *relatives à l'éducation de la jeunesse dans la Pensylvanie.* Je la
distribuai *gratis* aux principaux habitants (vous
voyez que son aisance profite à tous), et dès que
je vis les esprits un peu *préparés* par cette
lecture, je proposai une souscription pour ouvrir
et entretenir une Académie. Cette souscription
devait se payer par cinquième d'année en année.
En divisant ainsi les paiements, j'espérais une
somme plus forte. Je ne me trompai pas dans
mon calcul ; car, si je m'en souviens bien, elle
n'alla pas à moins de cinq mille livres sterling. »

Les réglements constitutifs de l'Académie,
rédigés par Franklin, arrêtés et signés, on loua
une maison, on arrêta des professeurs, et les
écoles s'ouvrirent. « Ce fut, dit-il, dans l'année

même, en 1749, ou au commencement de 1750. »

Ces écoles étaient sous la surveillance et la tutelle de vingt-quatre citoyens de Philadelphie. Le dernier article des réglements constitutifs mérite d'être cité.

« Nous espérons et comptons, y est-il dit, que les curateurs de l'Académie se feront un plaisir et jusqu'à un certain point un devoir de la visiter fréquemment, d'encourager la jeunesse, d'encourager et aider les maîtres, et d'augmenter, par tous les moyens possibles, l'utilité de l'institution ; qu'ils regarderont en quelque sorte les écoliers comme leurs propres enfants, les traiteront avec familiarité et affection, et, lorsque ceux-ci, après s'être bien conduits, et leurs études achevées, seront pour entrer dans le monde, qu'ils s'uniront avec empressement, et feront tout ce qui sera en leur pouvoir pour leur avancement et leur établissement en fait de commerce, d'emplois ou de mariage, ou telle autre occasion favorable, de préférence à tous autres jeunes gens ou jeunes filles, même de mérite égal. »

L'administration de ce collége ou de cette Académie fut dans la suite incorporée, c'est-à-dire reconnue comme personne civile, capable de posséder, acheter, vendre, etc., par une charte du gouverneur : ses fonds s'augmentèrent par des fonds qu'on obtint d'Angleterre et par des concessions de terres, que firent les *Proprié-taires* (héritiers des droits de *Penn*), et auxquelles l'assemblée de Pensylvanie ajouta beaucoup elle-même. Ce fut là l'origine de l'Université actuelle de Philadelphie. Le fondateur resta pendant quarante ans au nombre des adminis-trateurs : « J'ai, dit-il, éprouvé un bien vif plai-sir en voyant nombre de jeunes gens, formés à cette école, se distinguer par leurs talents, se rendre utiles dans les emplois publics et devenir l'ornement de leur pays. »

En 1751, le docteur *Bond* l'un de ses amis, essayant d'établir à Philadelphie une infirmerie pour les pauvres malades, Pensylvaniens ou autres (proposition toute nouvelle en Amérique et dès-lors peu goûtée), recevait de chacun cette phrase pour toute réponse : « *Avez-vous consulté Franklin sur cette affaire? Qu'en pense-t-il?* — Ce bienfaisant projet, Franklin est obligé de s'en charger. Que fait-il? Ce que le docteur Bond avait négligé. Avant de solliciter aucune sous-cription, il prépare l'esprit public au moyen des journaux, selon son usage. Grâce à cette pré-caution, le succès est complet. J'omets le détail de quelques adroites manœuvres, au moyen des-quelles il engagea l'assemblée dans cette bonne œuvre pour une somme annuelle de deux mille livres sterling.

« L'*éloquence* de Franklin pour la bienfaisance

est irrésistible », dit à ce propos l'un de ses bio-
graphes ; il ne faut pas entendre ce mot de la
puissance de sa parole, mais de la puissance de
son exemple. « Je n'étais, dit Franklin, qu'un
mauvais orateur, jamais abondant, sujet à beaucoup d'hésitation dans le choix des mots, à
peine correct, et cependant j'ai le plus souvent
fait prévaloir mes avis. »

Il explique lui-même cette singularité appa-
rente : « Le ton modeste avec lequel je proposais
mes opinions leur attirait, nous dit-il, un plus
prompt accueil et moins de contradiction. C'est
à cette habitude, après mon caractère d'intégrité,
que je me crois principalement redevable du
crédit que j'ai obtenu auprès de mes concitoyens, quand j'ai proposé de nouvelles institutions ou des modifications aux anciennes, ainsi
que ma grande influence dans les assemblées
publiques, lorsque j'en suis devenu membre. »

Il insiste ailleurs sur la puissance attachée,
en politique, au caractère d'intégrité : « On
demandait à Démosthènes quel est le premier
point de l'art oratoire ? — L'action, répondit-il.
— Et le second ? — L'action. — Et le troisième ?
— L'action : désignant par ce mot la pantomime
dont l'orateur accompagne son débit. Mais je
crois qu'il est un autre genre d'*action*, bien
autrement nécessaire à celui qui veut ranger le
peuple à ses avis : c'est que chaque action de sa

vie donne une aussi haute idée de son intégrité
que de ses talents. Cette idée une fois établie,
tous les détails, toutes les difficultés, toutes les
oppositions que la défiance fait naître, dispa-
raissent. Un tel homme, si médiocre parleur qu'il
soit, aura toujours l'avantage sur l'orateur le
plus accompli, de la sincérité duquel on doute-
rait. »

La réserve et l'intégrité ne font pas à elles
seules toute l'*éloquence* de Franklin. Vous avez
assez vu qu'il n'est aucun moyen accessoire que
son habileté néglige. Il met au service de ses
propositions généreuses toute l'attention, toute
la sagacité, toute la prudence, toute la circonspection, toute la vivacité, toute la patience qu'il
a mises précédemment au service de ses propres
besoins. Qu'il s'agisse de la sûreté publique, de
l'éducation de la jeunesse, des secours à donner
aux pauvres malades, ou bien encore du pavage,
du nettoiement et de l'éclairage des rues, vous
lui retrouvez toujours, avec la même libéralité
de sentiment, la même justesse de prévoyance et
de conduite, le même *art* et aussi la même autorité, le même empire. Les questions les plus
dédaignées, si peu qu'elles influent sur le bien-
être ou le malaise des hommes, ne lui sont pas
indifférentes, et, relevées par lui, sont pour la
première fois prises en considération par tous.

Il est à noter que tous ces travaux ne faisaient aucun tort à ses affaires particulières. Son commerce avait pris beaucoup d'accroissement; son journal était devenu très-productif. « Le premier sac gagné, le second vient tout seul », comme il dit. — Il avait enfin pris un associé, qui se chargeait de tout le détail de l'imprimerie, et lui payait régulièrement sa part des bénéfices (1).

« Dégagé, dit Franklin, des affaires de mon commerce, et ayant acquis une fortune suffisante, quoique modérée, je me flattais de pouvoir consacrer le restant de mes jours à des études et à des amusements scientifiques ». L'esprit sincèrement ouvert à toutes les convictions *conformes à la réalité*, quelque jeunes qu'elles fussent, — aucune question n'était hors de sa portée. S'il savait peu, en revanche il était à ce point où l'on peut tout apprendre. Il n'apportait aucune prévention funeste, aucune exclusion même, dans ces nouveaux travaux.

Les questions discutées par la *Junte* (et la *Junte* représente en ceci Franklin lui-même) portaient à la fois sur les faits physiques et chimiques, et sur les faits moraux et politiques. Il n'était pas rare, après une demande telle que

(1) « Cette société (avec *David Hall*, l'un de ses ouvriers) dura dix-huit ans, dit Franklin, et nous fut très-avantageuse à tous deux. »

celle-ci. « *Y a-t-il une forme de gouvernement qui convienne à toute l'espèce humaine ?* » d'y voir arriver une question telle que cette autre : « *Comment se fait-il que la marée s'élève plus haut dans la baie de Fundy que dans la baie de Delaware ?* » Les questions suivantes y avaient été traitées tour à tour : *Est-il conséquent aux principes de liberté — dans un gouvernement régulier — de punir un homme comme libelliste quand il dit la vérité ? — A quoi tient-il que la flamme de la chandelle tend à s'élever en pointe ? — Une émission de papier-monnaie est-elle opportune ? — En quoi consistent les phénomènes des vapeurs ? — Le but de la philosophie doit-il être de déraciner les passions ? — Comment les cheminées qui fument peuvent-elles être le mieux préservées de cet inconvénient ?*

Cette dernière question me rappelle que Franklin (peut-être en cherchant à y répondre) avait inventé, en 1742, « un poêle ouvert, pour mieux chauffer les appartements et en même temps économiser le bois », invention avec laquelle il enrichit son ancien ami, Robert Grace. Un pamphlet écrit par l'inventeur (DESCRIPTION *des foyers nouvellement inventés en Pensylvanie*, etc.) vint encore ajouter à la vogue des *cheminées économiques*. Patente lui fut offerte pour leur vente exclusive pendant un certain nombre d'années ; mais désormais au-dessus du besoin, Franklin la refusa : « Profitant des inventions des autres, nous devons être charmés, dit-il, de pouvoir leur être utiles par les nôtres, à notre tour (1) ».

Je laisse de côté une foule d'observations minutieuses de Franklin sur les vapeurs, la chaleur, le vent, etc., pour arriver à ses observations physiques les plus importantes, à ses observations électriques. Elles mettent bien en lumière ce même esprit de recherche qu'il portait tout à l'heure dans les affaires humaines, particulières ou publiques. Sous un autre titre, nous avons toujours affaire ici à la même clair-voyance, à la même *souvenance*, à la même pré-voyance, à la même puissance.

(1) « Si j'ai eu le bonheur de vous être utile, écrivait Franklin le 6 juin 1753 à l'éloquent *méthodiste* WHIL-FIELD qu'il avait guéri d'une paralysie par la *commotion électrique,* la seule reconnaissance que je désire, c'est que vous-même, à votre tour, soyez prêt à servir quiconque pourrait avoir besoin de votre assistance, afin qu'il s'établisse ainsi une réciprocité de bons offices; *car le genre humain ne forme qu'une même famille.* Pour moi, quand je rends service, je ne crois pas accorder une faveur, mais acquitter une dette. »

RECHERCHES ÉLECTRIQUES.

« En 1746, nous dit Franklin, me trouvant à Boston, j'y fis la rencontre d'un docteur Spence, récemment arrivé d'Ecosse et qui fit devant moi quelques expériences d'électricité. Elles étaient fort imparfaites, le docteur n'étant pas des plus habiles ; mais, comme *le sujet était tout à fait neuf pour moi*, elles ne m'en causèrent pas moins de surprise et de plaisir.

» Peu de temps après mon retour à Philadelphie, notre Bibliothèque reçut en présent, de son correspondant de Londres, M. *Pierre Collinson*, de la Société Royale, un tube de verre, avec quelques instructions sur son usage. — Je saisis avec joie l'occasion de répéter les expériences que j'avais vues à Boston, et, à force de pratique, j'acquis une grande facilité dans cet exercice, ajoutant de temps à autre de nouvelles expériences à celles dont le compte nous était venu d'Angleterre. Je dis *à force de pratique*; car ma maison ne désemplissait pas de gens avides de voir ces nouvelles merveilles. — Pour alléger un peu ma besogne, je fis faire plusieurs tubes semblables à notre verrerie, desquels nos amis se servirent. Nous eûmes ainsi plusieurs démonstrateurs. »

Le présent de M. Collinson conduisit Franklin à l'informer, par une suite de lettres, des expériences nouvelles dues à son tube. Je ne vous redirai pas ici la destinée changeante de ces *lettres* qui, mal appréciées d'abord par les Physiciens en titre de la Société Royale, et toutefois imprimées et publiées à Londres, tombèrent enfin aux mains de Buffon et mises en français, sur sa parole, se répandirent bientôt par toute l'Europe (1).

« Ce qui leur donna, dit Franklin, une célébrité plus prompte et plus générale, ce fut *une des expériences que j'y proposais*, et qui fut faite à Marly, par MM. Dalibard et Delor, *pour attirer*

---

(1) Vérification faite des expériences de Franklin (notamment de celle du *cerf-volant*), la Société Royale lui donna, dit-il, « un ample dédommagement de la légèreté avec laquelle elle l'avait d'abord traité. *Elle l. choisit pour un de ses membres*, sans qu'il eût sollicité cet honneur, l'exempta des paiements d'usage qui auraient monté à vingt-cinq guinées, et, depuis, lui envoya gratis le recueil de ses Mémoires. Elle lui décerna aussi la *médaille d'or*, de Copley, pour l'année 1753 et l'annonce en fut accompagnée d'un discours très-flatteur du président, lord Macclesfield, dont il se trouva hautement honoré. »

7

un éclair des nuages. Elle fixa l'attention uni-
verselle. »

Essayons de nous replacer un instant, avec
Franklin, en deçà de cette mémorable expérience, et écoutons-le nous en raconter lui-même
l'histoire, nous en indiquer l'origine. J'espère
que ses explications n'auront pour vous rien
d'obscur.

— — — -

HISTOIRE DU PARATONNERRE.

« L'expérience suivante — c'est Franklin qui
parle (1), — l'expérience suivante démontre le
pouvoir des pointes.

» J'emploie pour conducteur, à charger par la
machine électrique, un tuyau de carton d'environ dix pieds de long sur un pied de diamètre, recouvert de papier doré. Cette large sur-

(1) Dans ses OPINIONS ET CONJECTURES *sur les propriétés et les effets de la matière électrique, déduites
d'expériences et d'observations faites à Philadelphie
en 1749.*

face métallique soutient une atmosphère électrique beaucoup plus grande que ne le ferait
une barre de fer cinquante fois plus pesante. Ce
conducteur est suspendu par des fils de soie, et
quand il a été mis en communication avec les
frottoirs de la machine, il frappe, à environ deux
pouces de distance, un coup assez fort pour
causer de la douleur aux articulations des
doigts.

» Si un homme, sur le plancher, lui présente
la pointe d'une aiguille, à douze pouces de
distance ou davantage, — tant que cette aiguille est ainsi placée, le conducteur ne peut
être chargé, la *pointe* tirant le feu à mesure
qu'il est poussé dans le conducteur par les
frottoirs.

» Chargez le conducteur, et présentez-lui
ensuite l'aiguille à la même distance de douze ou
quatorze pouces, il sera déchargé à l'instant.

» Dans l'obscurité, vous pourrez voir une
lumière sur la pointe, lorsque vous ferez l'expérience, et si la personne qui présente l'aiguille
au conducteur est sur un gâteau de cire, elle
sera électrisée en recevant le feu à cette distance.

» Essayez de tirer l'électricité avec un corps
émoussé, tel qu'un morceau de fer, arrondi et
poli à l'extrémité (je me sers d'un poinçon d'or-
fèvre de l'épaisseur d'un pouce), — il faut que

vous l'approchiez à la distance de trois pouces avant de produire le même résultat, et la d'charge se fait alors avec *un coup et un craquement*.

» Comme le tuyau de carton doré pend librement sur les fils de soie lorsque vous en approchez le poinçon de fer, il s'avance pareillement vers ce poinçon, étant attiré tout le temps qu'il est chargé. Mais si, au même instant, l'aiguille lui est présentée comme auparavant, il se retire, étant aussitôt déchargé par la pointe.

— » Prenez de grandes balances de cuivre, dont le fléau soit long de deux pieds, et dont les cordons soient de soie ; suspendez-les par une ficelle attachée au plafond, de sorte que le fond des bassins puisse être à environ un pied du plancher ; les bassins tourneront par le détortillement de la ficelle ; plantez le poinçon sur le plancher, de manière que les bassins puissent passer au-dessus dans leur ronde.

» Electrisez alors l'un des bassins. Comme les balances tournent toujours, vous verrez ce bassin descendre plus près du plancher, et s'abaisser davantage lorsqu'il passera au-dessus du poinçon : et s'il est placé à une distance convenable, le bassin fera un craquement et déchargera son feu sur le poinçon.

» Mais si l'on dresse une aiguille sur le poinçon, la pointe en haut, le bassin, au lieu de

s'approcher du poinçon et de faire un craquement, déchargera son feu, sans bruit, sur la
pointe et s'élèvera en passant au-dessus du
poinçon.

» Et même, si l'aiguille est placée sur le plancher auprès du poinçon, la pointe en haut, —
l'extrémité du poinçon, quoique beaucoup plus
élevée que l'aiguille, n'attirera pas le bassin et
ne recevra point son feu ; car l'aiguille le pren-
dra et le dissipera avant qu'il vienne assez près
pour agir sur le poinçon.

» C'est une observation constante en ces expériences que, plus la quantité de l'électricité sur
le conducteur (bassin de balance ou tuyau de
carton doré) est grande, plus il frappe loin et
décharge son feu aisément, et plus aussi la
pointe le tire à une grande distance. »

— « Maintenant, continue Franklin, *si le feu
de l'*ÉLECTRICITÉ *et celui de la* FOUDRE *sont une
seule et même chose*, comme j'ai tâché de le prou-
ver assez amplement, ce tuyau de carton doré et
ce bassin peuvent représenter les nuages électrisés. Si un tuyau, long de dix pieds, frappe et
décharge son feu sur le poinçon à deux ou trois
pouces de distance, un nuage électrisé, qui peut
être de dix mille arpents, peut frapper et décharger son feu sur la terre à une distance propor-
tionnellement plus grande.

» Le mouvement horizontal des bassins au-

dessus du plancher peut représenter le mouvement des nuages au-dessus de la terre, et le
poinçon dressé peut nous représenter les montagnes et les plus hauts édifices.

» Cela nous fait voir comment les nuages
électrisés, passant sur les montagnes et sur les
bâtiments à une trop grande distance pour les
frapper, peuvent être attirés en bas jusqu'à la
proximité qui leur est nécessaire pour cela.

» Enfin remarquons bien que, si une aiguille
est fixée sur le poinçon, la pointe en haut, ou
même sur le plancher auprès et au pied du poinçon, — elle tire sans bruit le feu du bassin, à une
distance beaucoup plus grande que la distance
requise pour frapper, et prévient ainsi sa des-
cente vers le poinçon, ou que, si, dans sa course,
le bassin était venu assez près pour frapper, —
il ne le pourrait cependant pas, ayant été d'abord
privé de son feu, et que par là le *poinçon serait
garanti du choc.* »

« *Les choses étant ainsi,* — *je demande si la
connaissance de ce* POUVOIR DES POINTES (dussions-
nous être à jamais hors d'état d'en donner une
explication précise), *si la connaissance de ce*
POUVOIR DES POINTES *ne pourrait pas être de
quelque avantage aux hommes pour préserver les*

*maisons, les églises, les vaisseaux, etc., des
atteintes de la foudre*, en nous engageant à
fixer sur les parties les plus élevées des barres de
fer aiguisées par le bout comme des aiguilles,
et dorées pour prévenir la rouille, et à attacher
au pied de ces barres de fer un fil d'archal des-
cendant le long du bâtiment en terre, ou le
long des haubans d'un vaisseau et de son bor-
dage jusqu'à fleur d'eau?

» N'est-il pas probable que ces barres de fer
tireraient sans bruit le feu électrique du nuage
avant qu'il vînt assez près pour frapper et que,
par ce moyen, nous serions préservés de tant de
désastres soudains et terribles?

» POUR DÉCIDER LA QUESTION, *si les nuages
qui contiennent la foudre sont électrisés ou non*,
JE PROPOSE UNE EXPÉRIENCE à tenter en temps
et lieu convenables. » Il propose de faire l'essai
de la barre de fer sur un clocher. — Vous
savez, du reste, le succès de l'expérience de
Marly, et aussi de l'expérience du cerf-volant.

Voici sous quelle forme Franklin posait pour
lui-même la même question en 1749. C'est une
sorte de *memento* (1), qui porte la date du 7 novembre.

« Propriétés communes au fluide électrique et
à la foudre : 1° de produire de la lumière ; —

_____

(1) Cité par Franklin dans une lettre du 18 mars
1755.

2º la couleur de cette lumière ; — 3º sa direction en zigzag ; — 4º la rapidité du mouvement ; — 5º la facilité à se laisser conduire par les métaux, — 6º le bruit ou craquement dans l'explosion, — 7º de subsister dans l'eau ou dans la glace · — 8º de déchirer les corps à travers lesquels ils passent ; — 9º de tuer les animaux ; — 10º de fondre les métaux ; — 11º d'allumer les substances inflammables ; — 12º l'odeur de soufre.

» Le fluide électrique est attiré par les pointes : nous ne savons pas si la foudre a cette propriété ; mais, *puisque ces deux substances conviennent dans tous les points par lesquels on a pu les comparer, n'est-il pas probable qu'elles conviennent également en celui-ci?* — Il en faut faire l'expérience. »

Voulez-vous un échantillon des patientes et minutieuses remarques par lesquelles Franklin s'était élevé à ces conclusions? — Voulez-vous voir, par exemple, comment, avant de s'attaquer à la foudre, il s'attache à la connaître, avec quelle curiosité attentive il épie ses traces ; puis, de ses œuvres bien connues fait enfin sortir l'irrésistible obstacle que l'homme peut mettre à sa sinistre puissance. — Je vous citerai la lettre écrite de Philadelphie par Franklin, à Dalibard, le 29 juin 1755.

EFFETS DU TONNERRE.

« Etant, dit-il, en novembre dernier à New-Bury, dans la Nouvelle-Angleterre, on me montra l'effet du tonnerre sur une église qui en avait été frappée quelques mois auparavant. »

Voici d'abord l'état primitif des lieux :

« Le clocher était une tour de bois carrée. L'endroit où la cloche était suspendue était à soixante-dix pieds au-dessus du sol. Au-dessus de la cloche s'élevait une pyramide de bois de soixante-dix pieds jusqu'à la girouette.

» A la cloche était attachée un marteau de fer pour frapper les heures, et de ce marteau partait un fil de fer passant par un petit trou à travers le plancher de la sonnerie ; puis, au-dessous, à travers un autre plancher encore ; puis, courant horizontalement le long d'un plafond en plâtre jusqu'à la muraille, en plâtre également, il descendait à l'horloge, qui est à vingt pieds au-dessous de la cloche.

» Ce fil de fer n'était pas plus gros qu'une aiguille à tricoter. »

Voici maintenant les changements apportés
par la foudre.

« La pyramide de bois fut fendue et mise en
pièces ; les éclats en furent lancés de tous côtés
sur la place, en sorte qu'il ne resta rien au-dessus de la cloche.

» La foudre passa entre le marteau et l'horloge, le long du fil de fer, sans endommager
les planchers et sans laisser de traces, sinon
qu'elle élargit un peu les trous par lesquels passait le fil de fer, sans endommager la muraille
ni aucune partie du bâtiment aussi loin que
s'étendait ce fil de fer et celui du pendule de
l'horloge. Ce dernier était de la grosseur d'une
plume d'oie.

» Depuis l'extrémité du pendule jusqu'à
terre, le bâtiment était crevassé et fortement
endommagé ; des pierres avaient été détachées
du mur de fondation et jetées à la distance de
vingt et trente pieds.

» L'on ne put rien retrouver du petit fil de fer
entre l'horloge et le marteau, si ce n'est environ un petit bout de deux pouces, qui pendait
au manche du marteau, et à peu près autant qui
tenait à l'horloge, le reste ayant sauté en l'air
et s'étant dissipé en fumée et en vapeur, comme
l arrive à la poudre à canon quand on y met le
feu, laissant seulement une traînée noirâtre,
large de trois à quatre pouces, plus foncée dans

le milieu et plus claire vers les bords, sur le plâtre du plafond sous lequel courait le fil de fer et le long du mur du haut en bas.

» Tels étaient les effets apparents ; — sur quoi je ferai seulement remarquer :

1° Que la foudre, dans son passage à travers un bâtiment, quitte le bois pour passer, autant que possible, dans le métal, et ne rentre dans le bois qu'autant que les conducteurs métalliques lui font faute (j'ai fait la même observation en d'autres occasions par rapport aux murailles de brique ou de pierre) ;

2° Que la *quantité de foudre* qui passa à travers ce clocher a dû être bien grande, à en juger par ses effets sur cette haute pyramide de la partie supérieure et sur toute la partie de la tour carrée, inférieure au pendule de l'horloge ;

3° Que si grande qu'ait été cette quantité, elle fut conduite par un petit fil de fer et par le pendule de l'horloge, sans le moindre préjudice pour le bâtiment aussi loin que s'étendaient ces parties métalliques ;

4° Que la barre du pendule, étant d'une grosseur suffisante, conduisit la foudre sans en souffrir, mais que le petit fil de fer fut entièrement détruit ;

5° Que le petit fil de fer (bien qu'il ait été

détruit) avait assez bien conduit la foudre, pour
en préserver le bâtiment;

6° Que, d'après tout cela, *il paraît probable
que, s'il y avait eu seulement un pareil petit fil
de fer, tendu depuis la girouette jusqu'à terre,
avant l'orage, ce coup de tonnerre n'aurait pas
fait le moindre mal au clocher, bien que, dans
ce cas-là, le fil de fer eût été lui-même détruit.* »

Une aussi lumineuse relation n'a pas besoin
de commentaire. — Ce serait le lieu de faire
remarquer la facilité avec laquelle Franklin,
libre de tout engagement avec d'anciens préjugés, marche droit au but, passant immédiatement de la découverte à l'application, tandis que
des savants très-distingués, notre célèbre abbé
Nollet, par exemple, restent en route, embar-
rassés dans leurs propres théories et retenus
dans les détours d'une argumentation scolasti-
que, ou bien encore plus préoccupés d'étudier
ce mystérieux *pouvoir des pointes*, que de le
mettre à profit.

Un savant Américain, s'étonnant que l'on eût
réparé un clocher, frappé, pour la seconde ou
la troisième fois, de la foudre, sans l'armer de
paratonnerres, Franklin lui répond (1), avec son

(1) En date du 6 janvier 1768.

bon sens incisif : « qu'il n'est pas étonnant que les marguilliers ne soient pas encore convaincus de l'utilité des paratonnerres, quand on voit des professeurs de physique la nier eux-mêmes en 1767, dans les mémoires de l'Académie des sciences ».

Témoin de l'insouciance des Anglais en fait de paratonnerres, Franklin écrivait à Londres, en 1762 : « Il serait à désirer que ce petit *morceau de serrurerie* fût aussi connu et aussi bien apprécié que possible, puisque nous protéger *quelquefois* n'est pas le seul service qu'il nous veuille rendre et qu'il peut encore nous tranquilliser *toujours*, — faisant plus encore pour la sécurité que pour la sûreté du genre humain » (1).

Une autre lettre de Franklin (datée de 1751) achèvera de vous convaincre qu'il acceptait les découvertes récentes et les siennes propres dans toute leur largeur, et que, loin de reculer devant leurs conséquences, il y voyait le plus précieux encouragement aux recherches ultérieures.

« Je ne me souviens pas, écrit-il à M. Colden, si je vous ai fait savoir que j'ai fondu des épingles et des aiguilles d'acier, changé les pôles de l'aiguille aimantée, aimanté des aiguilles, allumé de la poudre à canon par l'étincelle électrique.

(1) Lettre du 20 février, adressée à M. *Kinnersley* de Philadelphie.

» J'ai cinq *bouteilles* qui contiennent chacune huit ou neuf gallons (1) ; deux de ces bouteilles chargées suffisent pour ces opérations ; mais je puis les charger et les décharger toutes ensemble. »

Franklin ajoute : « Il n'y a pas de limites, hors celles de la dépense et du travail, à la force que l'homme peut porter et employer dans les expériences électriques ; car il peut ajouter une bouteille à une autre, puis une autre encore, et cela à l'infini, et toutes ces bouteilles peuvent être tenues en communication et déchargées toutes ensemble comme une seule, — leur force et leur effet étant proportionnés à leur nombre et à leur taille ; *les plus grands effets connus de la* FOUDRE ORDINAIRE *peuvent être, je crois, sans beaucoup de peine, surpassés de cette manière.* C'est ce qu'on n'aurait guère imaginé il y a quelques années, et cette prétention paraît peut-être encore tant soit peu extravagante à bien des gens.

« Ainsi nous voilà plus habiles que ces petits diables de Rabelais qui, à deux ans, savaient à peine foudroyer un chou. »

Ces dernières lignes me rappellent les jeux

(1) Chaque gallon représente environ quatre litres et demi.

électriques (1) dont Franklin avait soin d'entre-
mêler ses découvertes, pour se les faire pardonner, donnant, comme Molière, la petite farce à
côté de la grande comédie, je me bornerai à
traduire, sans espoir de vous les faire goûter,
les plaisanteries par lesquelles se termine la
lettre même où il expose le rôle que joue chacune des parties de la *bouteille* de Leyde (2).

« Etant un peu mortifiés de n'avoir jusqu'ici
rien rencontré, dans cette voie, d'utile au genre
humain, et la saison des chaleurs approchant,
pendant laquelle les expériences électriques ne
réussissent guère, — nous nous proposons de
clore gaîment notre session électrique par une
petite partie de plaisir sur les bords du Skuiskill. De l'esprit de vin sera allumé par une
étincelle électrique envoyée d'une rive à l'autre,
sans autre conducteur que l'eau : expérience
que nous avons faite plusieurs fois, au grand
étonnement de plusieurs, un dindon sera immolé
pour notre dîner par le *choc électrique* (3), rôti

(1) La guirlande électrique, le tableau magique, le
pistolet électrique, le bouquet électrique, la danse
électrique, les conjurés, etc.

(2) Lettre du 1er septembre 1748, adressée à M. *Collinson* de Londres.

(3) Franklin écrit ailleurs : « Les volailles tuées
par *notre drôle de petit tonnerre*, sont singulièrement
tendres. »

par le *tourne-broche électrique*, devant un feu
allumé avec la *bouteille électrique*, et nous boi-
rons à la santé de tous les fameux électriciens
d'Angleterre, de Hollande, de France, d'Allemagne, dans des verres électrisés sous le feu de
la *batterie électrique.* »

———

A la manière dont nous venons de parler des
récherches électriques de Franklin, l'on pourrait croire qu'elles absorbent à elles seules tout
son temps, qu'il est exclusivement ce qu'il
appelle un *Electricien*. Mais il n'en est pas ainsi ;
de 1746 à 1755, intervalle auquel se rapportent
les différentes lettres précédemment citées, son
activité se porte sur bien d'autres questions importantes. Vous l'avez déjà vu, dans ce temps-là
même, doter sa patrie adoptive d'autant d'améliorations qu'elle en peut attendre d'un simple
particulier : bibliothèque, collège, milice, etc.
C'est en ce temps-là même encore qu'il entre
décidément dans la carrière administrative.

« Le public, dit-il, voyant en moi un homme
libre de son temps, s'empara de moi pour son
service, et chaque partie de notre administration
civile m'imposa presque en même temps un nouveau devoir. Le Gouverneur me nomma *juge de
paix* ; la Corporation de la Cité me fit *membre du*

conseil commun, et bientôt après, *alderman*.
Enfin les citoyens me choisirent pour les représenter à l'Assemblée (1). Cette dernière fonction
me fut d'autant plus agréable que je commen-
çais à m'ennuyer d'assister (en qualité de secrétaire) aux débats, sans y prendre part. Eu égard
à l'obscurité de mes commencements, c'étaient
là de grands événements pour moi : tous ces
témoignages d'estime publique me faisaient
d'autant plus de plaisir qu'ils étaient spontanés
et n'avaient été provoqués par aucune sollicita-
tion de ma part.»

L'espace me manque pour entrer dans le
détail des diverses missions politiques auxquelles Franklin est successivement appelé.
Toutefois je puis dire ici ce qu'il écrivait, en
1788, à M. *De Larochefoucault* (en parlant de ses
Mémoires, conduits dès-lors jusqu'à sa cinquan-
tième année) : « Ce qui reste portera sur des
objets plus importants ; mais ce qui est fait sera,
ce semble, d'une utilité plus générale pour les

(1) « Je fus réélu, dit Franklin, pendant dix ans con-
sécutifs, sans avoir jamais ni demandé la voix d'un
électeur, ni témoigné directement ou indirectement
mon désir d'être nommé. »

jeunes lecteurs, montrant, par des exemples énergiques, les effets d'une prudente ou d'une imprudente conduite, au commencement d'une vie laborieuse. »

Je me bornerai à vous indiquer à la hâte les principaux degrés de ce bel escalier d'emplois publics et d'honneurs, auquel conduisait la rude échelle de travaux et d'études, courageusement et habilement gravie par l'apprenti de James, par l'ouvrier de Keimer, de Palmer et de Watts.

La première mission diplomatique de Franklin fut auprès des *Indiens* qui inquiétaient les frontières. Il fut nommé par la Chambre (lui deuxième) pour traiter avec eux : « Le traité se discuta avec ordre et fut conclu à la satisfaction réciproque des parties. » Le rhum *perturbateur* avait été préalablement prohibé. Cette ambassade est de 1748.

Pour prix de l'ordre qu'il avait introduit dans les différents bureaux de poste, à titre de *délégué* et de contrôleur, Franklin se vit, en 1753, nommé, lui deuxième encore, *maître général des postes en Amérique*, à la mort du titulaire. « Le bureau des postes d'Amérique n'avait, nous dit-il, jusques alors rien rendu à celui d'Angleterre ; nous devions avoir six cents livres par an à partager entre nous, si nous pouvions porter les bénéfices de l'administration au-dessus de cette somme. Il fallait pour cela introduire de

grands changements dont quelques-uns entraî-
nèrent d'abord inévitablement beaucoup de dépenses, de sorte que, pendant les quatre premières
années, le bureau nous fut redevable de plus de
cent neuf livres. Mais bientôt après nous com-
mençâmes à être dédommagés, et amenâmes les
postes d'Amérique à donner à la Couronne un
produit net *trois fois* plus considérable que celui
des postes d'Irlande. »

En 1754, la guerre ayant éclaté de nouveau
entre la France et l'Angleterre, Franklin, membre d'une *Commission* des différentes colonies,
assemblée à Albany, pour conférer entre elles et
avec le chef des Six-Nations, proposa pour la
défense commune un plan *d'union entre toutes
les colonies sous un gouvernement commun et
central*. D'après ce plan, le gouvernement commun devait être confié à un *président général*
nommé et payé par la Couronne, et à un *grand
conseil* choisi par les représentants du peuple
des différentes colonies ; ce plan, adopté à l'unanimité par la Commission, fut rejeté en Amérique, comme accordant trop à la *prérogative
royale*, et en Angleterre, comme accordant trop
à la *démocratie*.

« Les raisons différentes et opposées qui firent
désapprouver mon projet, dit Franklin, me por-
tent à croire qu'il était réellement le vrai terme
moyen ; et je pense encore qu'il aurait été

heureux pour les deux partis qu'il eût été adopté. Les colonies ainsi réunies eussent été assez fortes pour se défendre contre les ennemis de l'Angleterre. On n'aurait pas eu besoin d'y envoyer des troupes d'Europe; le *prétexte* que cet envoi de troupes a fourni pour imposer une taxe sur l'Amérique, et la contestation sanglante qui en a été la suite, n'auraient pas existé ».

L'Angleterre n'osant pas confier aux colonies le soin de se défendre elles-mêmes contre les Indiens, deux régiments anglais y débarquèrent. Étrangers au pays dans lequel ils s'engageaient, ils furent bientôt obligés de rester en route. Leur général, Braddock, trouvait à peine vingt-cinq chariots au lieu de cent cinquante qu'il lui fallait. — Tel est le crédit de Franklin, non pas seulement en Pensylvanie, mais en Virginie, dans les comtés de Lancastre, d'York et de Cumberland que ces deux régiments traversent, que sur une affiche signée par lui et stipulant les conditions d'un prêt de chariots et de chevaux, chevaux et chariots sont mis aussitôt à la disposition des troupes. « J'avançai, dit Franklin, de mes propres fonds plus de deux mille livres sterling, et j'en envoyai le compte. Heureusement pour moi le général le reçut quelques jours avant la bataille et me fit passer sur-le-champ une ordonnance de mille livres, laissant le *surplus* pour le compte suivant. Je regarde ce paiement comme un grand bonheur, car jamais je n'ai pu obtenir d'être payé de ce surplus. »

Le général fut tué, les deux régiments détruits. La somme réclamée par les propriétaires de chevaux et de chariots montait à près de vingt mille livres. « J'étais ruiné, dit Franklin, s'il m'eût fallu la payer ». Un ordre de paiement sur la caisse de l'armée vint le tirer d'inquiétude.

Nommé, pour la seconde fois, *colonel* d'un régiment de volontaires, levé par ses soins (comme en 1744), et chargé d'organiser la défense de la frontière du nord-ouest, Franklin entreprit cette opération militaire : il s'agissait d'aller construire trois forts pour protéger l'*établissement des frères Moraves*. Prenant pour aide-de-camp son fils qui, dans la guerre précédente, avait été officier dans l'armée levée contre le Canada. Franklin se rendit avec ses cinq cent soixante hommes sur le théâtre de la guerre. Voici un passage des bulletins de cette expédition :

« ..... Nous arrivâmes à Gnadenhutten ; c'était un lieu de désolation... Notre premier soin, après celui de nous abriter avec des planches trouvées autour d'un moulin, fut de donner la sépulture aux morts.

» Le lendemain matin nous fîmes le plan du

fort et nous en traçâmes les lignes. Nous lui
donnâmes une circonférence de quatre cent cinquante pieds, ce qui exigeait pareil nombre de
pieux, d'un pied de diamètre l'un dans l'autre.
Nous avions soixante-dix haches qui furent
mises à l'œuvre sur-le-champ. Grâce à l'habileté de nos hommes, l'ouvrage alla grand train.
Voyant les arbres tomber si vite, j'eus la curiosité de regarder à ma montre dans l'instant où
deux hommes commençaient à frapper un pin :
en six minutes il fut à terre ; il avait quatorze
pouces de diamètre. Chaque pin donnait trois
pieux de dix-huit pieds, que l'on aiguisait par
le bout. Pendant ce temps-là, nos autres
gens ouvraient sur toute la circonférence une
tranchée de trois pieds de profondeur pour y
planter les palissades. Nous démontâmes le
corps de nos chariots, et, réunissant les trains
de devant avec ceux de derrière, nous eûmes
dix attelages de deux chevaux chacun, pour
transporter nos arbres depuis la forêt jusqu'au
fort. — Les pieux plantés, nos charpentiers
construisirent tout autour, à l'intérieur, une
plate-forme en planches, à la hauteur de six
pieds, pour que les soldats pussent s'y tenir et
tirer par les barbacanes. Nous avions une pièce
de campagne que nous montâmes à l'un des
angles, et nous fîmes feu dès qu'elle fût placée.
En une semaine notre fort fut achevé, bien

qu'il tombât, de deux jours l'un, une pluie si
forte qu'il était impossible à nos ouvriers de
travailler » (1).

Un mot sur le triomphe qui attendait le colonel à Philadelphie. « Comme je partais pour la
Virginie, dit Franklin, les officiers de mon régiment se mirent en tête qu'il était convenable de
m'escorter hors de la ville, jusqu'au bac inférieur ; au moment où je montais à cheval, ils
arrivèrent devant ma porte, au nombre de trente
ou quarante, tous à cheval et en uniforme. Je
n'avais pas été prévenu de leur dessein, sans
cela je les en aurais détournés, n'ayant, de ma
nature, aucune propension à me donner des
airs d'importance ; aussi fus-je très-contrarié de
les voir, ne pouvant plus m'opposer à leur politesse. Ce qu'il y eut de pis, c'est que, dès que
nous nous mîmes en marche, ils tirèrent leur
sabre hors du fourreau et m'accompagnèrent
ainsi tout le chemin. *Quelqu'un* écrivit la chose

(1) « Nous nous sommes régalés de ton roast-beef,
écrivait Franklin à sa femme, de Gnadenhutten, le
25 janvier 1756, et nous entamons aujourd'hui le veau
rôti. Nous nous accordons tous à leur donner le prix
sur tous leurs pareils. Vous autres, gens de la ville,
qui voulez que le dîner soit chaud, vous ne vous connaissez pas en gastronomie. Nous trouvons ici qu'il est
bien meilleur quand il y a *quatre-vingt milles* de la
cuisine à la salle à manger. » — *Lettres familières de
Franklin*. Boston, 1833.

au propriétaire qui s'en trouva fort offensé. Jamais pareil honneur ne lui avait été rendu quand il était venu dans la province, non plus qu'à aucun de ses gouverneurs : « Cn ne traite ainsi, s'écria-t-il, que les princes du sang royal. » Il est possible qu'il eût raison; car je reconnais que j'étais et suis encore très-ignorant sur cet article d'étiquette. Cette sotte affaire augmenta grandement son humeur contre moi. Déjà il était très-piqué de ma conduite dans l'Assemblée, où je m'étais toujours opposé de toutes mes forces à ce que ses biens fussent exempts de contributions, non sans de sévères réflexions sur la bassesse et l'injustice d'une pareille prétention. »

Après beaucoup de querelles sur cette prétention des propriétaires, descendants de Penn ; après des débats longs et animés dans lesquels Franklin soutint constamment la cause des Pensylvaniens contre celle du privilége, l'Assemblée résolut d'adresser une pétition au roi, et elle chargea Franklin de ce message. C'est ici sa première ambassade européenne ; il n'est encore que le chargé d'affaires de la Pensylvanie.

Franklin, arrivé à Londres le 27 juillet 1757 (1)

----

(1) On montre encore à Londres la maison de madame Stevenson, où il logea.

n'adopta pas la marche des négociateurs ordinaires. Fidèle à sa tactique d'*étudier* et de *disposer* l'opinion publique, il fit insérer dans les journaux, sous le nom de son fils, une réponse aux articles dans lesquels les affaires de la Pensylvanie étaient présentées sous un faux jour. Au commencement de 1759, il publia (et laissa attribuer à son ancien ami *Ralph*) une REVUE HISTORIQUE DE LA CONSTITUTION ET DU GOUVERNEMENT DE LA PENSYLVANIE, *depuis son origine, en ce qui concerne les difficultés qui se sont élevées à diverses reprises, entre les Gouverneurs et l'Assemblée de cette colonie, le tout appuyé de documents authentiques.*

L'effet de cette publication fut subit. Les descendants de Penn, sans attendre l'issue du procès, consentirent à ce que leurs biens fussent imposés, pourvu que Franklin, au nom de ses commettants, se portât pour garant qu'ils ne seraient pas imposés au-delà d'une juste proportion.

Ce succès valut à Franklin la confiance pleine et entière des colonies de *Massachussets*, de *Maryland* et de *Géorgie*, qui le nommèrent leur agent à Londres. J'omets la liste des affaires politiques auxquelles il se trouva mêlé, sans préjudice toutefois de ses études et de ses relations scientifiques.

Dans l'été de 1762, Franklin retourna à

8

Philadelphie et reçut les remercîments de l'Assemblée, « tant pour s'être fidèlement acquitté de
ses devoirs envers la Pensylvanie, que pour
avoir rendu des services nombreux et importants
à l'Amérique en général pendant son séjour en
Angleterre. » — Il reprit sa place dans l'Assemblée dont il avait, tous les ans, été réélu membre, malgré son absence.

En 1764, les débats ayant recommencé entre
l'assemblée et les descendants de Penn, Franklin, élu encore une fois malgré leurs efforts,
fut de nouveau nommé agent de la Pensylvanie
à Londres, où il reçut les pouvoirs des provinces de New-Jersey, de Géorgie et de Massachussets.

D'autres prétentions que celles des descendants de Penn agitèrent bientôt l'Amérique. Le
fameux *acte du timbre*, porté sous le ministère
de lord Granville, mettait enfin à découvert l'intention longtemps cachée par le gouvernement
anglais, de priver à jamais les colonies de tout
droit politique.

Le ministère ayant été changé, une *enquête* sur
cet *acte* fut faite par la Chambre des communes,
et Franklin fut mandé à la barre le 3 février
1766, pour donner des renseignements. Ses
répons s, simples et fermes autant que lumi-
neuses, produisirent la plus vive sensation. —
Le Représentant de la Pensylvanie, du New-

Jersey, de la Géorgie et du Massachussets se trouvait être le représentant de toute l'Amérique anglaise : les circonstances avaient beau grandir, il restait à leur hauteur. Ajoutez à cela que les questions de la Chambre des communes appelaient, avec assez peu de déguisement, les réponses de l'Agent colonial. Voici les deux dernières *demandes*.

« A quoi les Américains mettaient-ils leur vanité (avant l'*acte du timbre*)?

Réponse de Franklin : « A suivre les modes de l'Angleterre, et à acheter les produits de ses fabriques.

— « A quoi mettent-ils leur vanité maintenant (après l'*acte du timbre*)?

Réponse de Franklin : « A porter leur vieux habits jusqu'à ce qu'ils sachent s'en faire eux-mêmes de neufs. »

L'acte du timbre fut enfin abrogé, un an après son adoption, sans avoir été mis à exécution ; mais après l'acte du timbre vinrent les *taxes* parlementaires (*droits* sur le thé et autres denrées) auxquelles les Américains répondirent par un irrévocable refus, persistant à soutenir qu'ils ne relevaient, en fait d'impôts, que du roi et de leurs Assemblées coloniales. Vous savez la résistance des Bostoniens, et le blocus de leur port.

Pendant ce temps-là, Franklin faisait à

Londres de vains efforts pour calmer les esprits et pour rétablir la paix ; il entama inutilement plusieurs négociations avec les ministres. Il ne négligeait pas non plus ses moyens favoris de succès, et tâchait d'éclairer l'opinion publique par diverses brochures.

Des lettres écrites de Boston par le Gouverneur Hutchinson et par le Lieutenant-gouverneur Olivier, tombées entre ses mains, preuves authentiques de la perfidie des autorités anglaises en Amérique, furent envoyées par lui à ses concitoyens. De là une pétition du Massachussets pour le rappel d'Hutchinson.

Cette correspondance dénoncée avait amené un duel et menaçait d'en amener un second. Franklin crut de son devoir de déclarer par la voie des journaux que lui seul avait obtenu communication des lettres, et les avait envoyées en Amérique. Un procès « que l'on s'efforça de rendre scandaleux » fut la conséquence de cette loyale déclaration.

Franklin eut à paraître devant le *Conseil privé*, le 29 janvier 1774, et ne répondit que par un sang-froid imperturbable à toutes les grossières invectives que l'accusateur anglais se permit à son égard. — La pétition du Massachussets fut rejetée, et Franklin perdit sa place de maître-général des postes.

L'exemple de Boston avait été suivi par toutes

les anciennes colonies de l'Angleterre. Leurs
députés s'assemblèrent en congrès général à
Philadelphie le 17 septembre 1774, publièrent la
Déclaration des droits, et adressèrent à Franklin une *pétition au roi*.

« Vainement Franklin déploya, pour arriver
à une pacification, toute l'activité de son esprit,
toutes les ressources de sa raison, si exquise et
si droite. » La Chambre des Lords surtout, se
refusant brutalement, non pas à adopter, mais
même *à prendre en considération* un plan de
conciliation mûrement élaboré par l'un des premiers hommes d'État d'Angleterre, par *lord*
CHATHAM, vint à bout de lasser la patience du
sage de Philadelphie. « Voir, dit-il, ces législateurs héréditaires s'interdire toute possibilité de
rectification par une seconde lecture; reconnaître, dans les uns, une ignorance totale du sujet;
dans les autres, les préjugés de la passion; dans
plusieurs, la volonté perverse de s'opposer à la
manifestation de la vérité; enfin voir ce plan
ignominieusement rejeté à une si grande majo-
rité, avec tant de précipitation, contre toute
décence, sans égard pour l'honneur et la dignité
d'un Corps formant l'une des trois branches de
la législature; c'en était bien assez pour me
donner de ce corps (de la Chambre des lords)
l'idée la plus pitoyable, et pour me faire regarder sa prétention à la *souveraineté* sur trois

millions d'Américains, doués de bon sens et de vertu, comme la plus grande des absurdités, puisque à peine leur reconnaissais-je le discernement nécessaire pour conduire un troupeau de cochons. Des législateurs héréditaires ! autant vaudrait, car il en résulterait moins de danger, comme en certaine Université d'Allemagne, des *mathématiciens héréditaires......* » Franklin ajoute : « La Chambre élue (la Chambre des communes) ne vaut pas mieux et ne vaudra jamais mieux, tant que les électeurs recevront de l'argent pour leurs votes, et donneront de l'argent au ministère pour corrompre les représentants qu'ils auront choisis. »

Franklin, menacé dans sa liberté, quitta Londres à la fin de juillet 1775.

Dès le lendemain de son arrivée à Philadelphie, il fut envoyé par la Pensylvanie au Congrès, et prit une part active à tous ses travaux. J'omets ses diverses missions auprès des troupes dont l'engagement allait expirer ; puis auprès des Canadiens catholiques.

Quand la question d'indépendance fut posée dans le Congrès, et tous les moyens de conciliation épuisés, Franklin se déclara ouvertement pour cette grande mesure. « Quelques doutes restaient : un pamphlet parut, LE SENS COMMUN, qui, réunissant tous les esprits au parti de l'indépendance, décida cette grande guerre qui, là, terminée, continue dans le reste du monde. » — Cette brochure à laquelle le nom de *Thomas Payne* doit tant de célébrité, doit elle-même beaucoup à Franklin, La *Déclaration* du 4 juillet suivit. La signature de Franklin s'y distingue entre toutes les autres par un air de sérénité et de jeunesse.

La constitution que se donna la Pensylvanie (au moyen d'une assemblée conventionnelle, dont Franklin eut la présidence) est presque tout entière son ouvrage.

C'est à la fin de la même année (1776), que Franklin, associé de notre Académie des sciences depuis 1772, et qui avait fait précédemment deux voyages à Paris, en 1767 et en 1769, fut choisi par le Congrès pour aller négocier (1) auprès de la Cour de France une alliance, dont la nouvelle république des *Treize Etats* avait bien besoin.

Cette alliance, conclue en 1778, et la paix enfin signée, en 1783, avec l'Angleterre, Fran-

---

(1) Avec Silas Deane et Arthur Lee. « Chère Polly, écrit-il de Paris le 12 janvier 1777, figurez-vous un vieux visage à cheveux gris, apparaissant sous un bonnet de peau de martre, au milieu des têtes poudrées de Paris, — tel est le grotesque ambassadeur qui vous salue avec des bénédictions à pleines mains sur vous et sur vos chers petits. » Lettre à madame Hewson (miss Stevenson) la fille de son hôtesse de Londres. *Familiar letters. Boston*, 1833.)

klin, dont la popularité chez nous fut immense,
continua de séjourner en France comme ministre plénipotentiaire de la République, culti-
vant les sciences et l'amitié de nos penseurs les
plus célèbres.

Franklin, — qui écrivait à M. de Laroche-
foucauld : « J'aime la France ; j'ai mille raisons
de l'aimer », — voulait cependant mourir dans
sa patrie. Après huit ans de séjour et des solli-
citations bien des fois répétées, il obtint son
rappel. Ne pouvant supporter la voiture, il fut
transporté de Passy au Havre dans une litière
de la cour, traînée par des mules, et s'embarqua
à la fin de juillet 1785. Dans cette dernière traversée, il trouva encore le moyen de faire plusieurs observations physiques et nautiques importantes.

L'arrivée de Franklin à Philadelphie, pré-
senta le spectacle d'un des triomphes les plus
beaux et les plus mérités qui aient jamais été
décernés à aucun homme. Une immense popu-
lation, accourue de toutes parts et avide de voir
le grand citoyen qui avait si bien mérité de la
patrie, se pressait sur son passage. Il fut porté
chez lui par la foule, au milieu des acclamations les plus vives, au bruit des cloches et du
canon. Pendant plusieurs semaines, de nombreuses députations le complimentèrent.

« L'accueil affectueux que me font mes concitoyens, écrivait-il à un de ses amis de France, surpasse mon attente. »

Quel couronnement pour une vie si pleine ! Toutes ces institutions, ses filles, qui comme lui, nées obscures, avaient grandi et prospéré comme lui, venaient rendre hommage à leur père et toucher son cœur. La milice, dont il avait donné la première idée, la Bibliothèque, l'Université, la Société philosophique, partout de doux ressouvenirs de ses premiers efforts, partout des traces de ses bienfaisantes pensées !

Il fut nommé à l'unanimité *membre du Conseil exécutif suprême* de Philadelphie et *président* de l'état de Pensylvanie. — En 1787, dans l'Assemblée générale des Etats, il contribua beaucoup à l'adoption *unanime* de la nouvelle Constitution.

Deux sociétés s'étant formées, l'une pour le *soulagement et l'amélioration des prisonniers*, l'autre pour l'*abolition de l'esclavage*, la présidence lui en fut déférée. — L'un de ses derniers écrits, peut-être le dernier de tous, est un article contre la *traite des Noirs*. Franklin en fait ressortir toute l'iniquité par une très-simple supposition : la supposition d'une *traite des Blancs*. « La défense d'une cause aussi sainte, méritait assurément l'honneur d'occuper les derniers moments d'une si belle vie. »

Franklin était attaqué depuis plusieurs an-

nées de la goutte et de la pierre. Une fièvre et
un mal de poitrine lui survinrent au commencement d'avril 1790, et, le 17, à onze heures du
soir, il expira âgé de quatre-vingt-quatre ans et
trois mois.

Ses funérailles furent célébrées par le plus
grand concours de peuple, qu'une cérémonie
funèbre eût encore réuni sur le continent américain. Le Congrès ordonna dans toute l'Amérique un deuil d'un mois. L'Europe, la France
surtout s'associa à ces tristes honneurs.

La municipalité de Paris fit prononcer son
éloge dans la rotonde de la halle au blé, disposée à cet effet. L'Assemblée nationale (la Consti-
tuante) s'y rendit par députation (1); mais
aucune parole n'eut plus de retentissement que
celle de Mirabeau à cette assemblée même.

Une discussion venait de finir : on réclamait
l'ordre du jour...

« FRANKLIN est mort! » dit Mirabeau, et
aussitôt un religieux silence succéda à l'agi-
tation.

« FRANKLIN est mort!

» Il est retourné au sein de la divinité, le
génie qui affranchit l'Amérique et versa sur
l'Europe des torrents de lumière !

(1) CONDORCET prononça son éloge à l'Académie des
sciences.

» Le sage que deux mondes réclament, l'homme que se disputent l'histoire des sciences et l'histoire des empires, tenait sans doute un rang élevé dans l'espèce humaine.

» Assez longtemps les cabinets politiques ont notifié la mort de ceux qui ne furent grands que dans leur éloge funèbre. Assez longtemps l'étiquette des cours a proclamé des deuils hypocrites. Les nations ne doivent porter le deuil que de leurs bienfaiteurs. Les représentants des nations ne doivent recommander à leurs hommages que les héros de l'humanité.

» Le Congrès a ordonné dans les quatorze états de la Confédération un deuil de deux mois pour la mort de FRANKLIN, et l'Amérique acquitte en ce moment ce tribut de vénération pour l'un des pères de sa Constitution.

» Ne serait-il pas digne de nous, messieurs, de nous unir à cet acte religieux, de participer à cet hommage rendu, à la face de l'univers, et aux droits de l'homme et à l'homme qui a le plus contribué à en propager la conquête par toute la terre.

» L'antiquité eût élevé des autels à ce vaste et puissant génie, qui, au profit des mortels, embrassant dans sa pensée le ciel et la terre, sut dompter la foudre et les tyrans. La France, éclairée et libre, doit du moins un témoignage de souvenir et de regret à l'un des plus grands hommes qui aient jamais servi la philosophie et la liberté.

» Je propose qu'il soit décrété que l'Assemblée nationale portera pendant trois jours le deuil de BENJAMIN FRANKLIN. » Et cette proposition, pour laquelle MM. de Larochefoucault et de Lafayette demandaient la parole, fut adoptée aussitôt aux acclamations de l'Assemblée et des tribunes.

FIN.

Limoges. — Imp. EUGÈNE ARDANT et Cie.

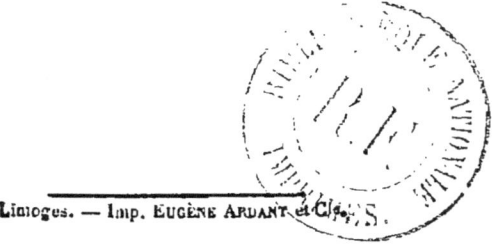

CONTES

DE LA

FAMILLE

PAR LES FRÈRES GRIMM

TRADUCTION REVUE

PAR E. DU CHATENET.

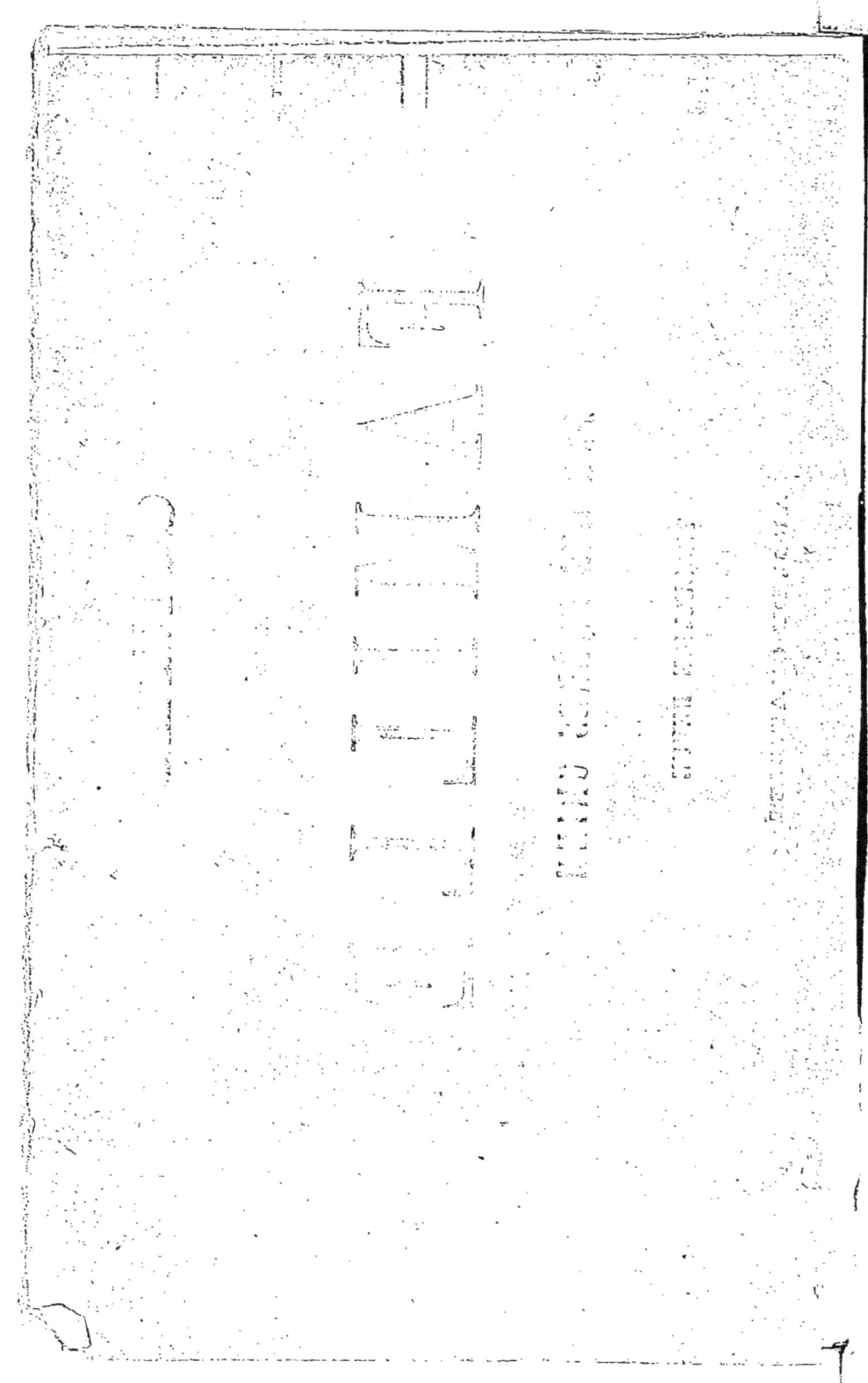